SANTA LOVE STORY

Marine Conan
Aurélie Philippe

SANTA LOVE STORY

Elisa Forest
Chalice Autumn

Correction : Marina Lombardi
Illustration de couverture : eunkyung art
Dépôt légal : décembre 2021
ISBN : 978-2-9579453-2-0

Table des matières

Les Scribouillettes 9
La fille du père Noël 11
Fake Love at Christmas 53
Le destin de Noël 127
Le Noël Master 169

Les Scribouillettes

Les scribouillettes, c'est un groupe de 4 amies, toutes animées par la même passion : l'écriture. Au départ, ce petit groupe n'était là que pour se motiver mutuellement dans ce qui semble souvent être une aventure solitaire.

Puis, leur est venue l'idée de se challenger avec l'écriture de petites nouvelles sur un même thème. Ainsi est né le scribouille challenge. Lors de ce challenge avec un thème imposé (ici la rencontre entre le père et la mère Noël), elles devaient produire une nouvelle découpée en 25 posts sur Instagram comme un calendrier de l'avent.

Vous tenez entre vos mains le résultat.

D'autres seront à venir !

Nous espérons que notre plume vous plaira et que vous prendrez autant de plaisir à lire que nous avons eu à écrire ces nouvelles sur le thème de Noël !

Bonne lecture.

La fille du père Noël

Marine Conan

— Bianca ? Tu peux venir ?

La voix frêle de mon père me parvient de sa chambre. Je me lève du canapé et repose le bouquin que j'étais en train de lire : un thriller inquiétant qui me tient en haleine. La lecture a toujours été une de mes passions, depuis que je suis gosse. Mais aux romances mièvres, je préfère un bon roman policier ou un thriller glaçant !

— J'arrive, Papa.

Je monte rapidement les escaliers et pénètre dans la pièce plongée dans l'obscurité. Seule la petite lampe de chevet éclaire le visage pâle de mon père. Je l'observe avec tendresse pendant quelques secondes. Il a encore perdu du poids. Dire qu'avant il se portait bien, son ventre dodu et son faciès rond mangé par une barbe grise… Désormais, il n'a plus que la peau sur les os. Foutue maladie !

— Qu'est-ce qu'il y a ? Tu as besoin de quelque chose ?

— Installe-toi près de moi, me demande-t-il avec douceur.

Nous ne sommes plus que tous les deux. Ma mère est morte lorsque j'avais dix ans. Une rupture d'anévrisme. Imprévisible. Ça ne lui a laissé aucune chance. Aujourd'hui, j'ai vingt-deux ans et son souvenir m'arrache encore quelques larmes. Grandir sans une présence maternelle est difficile. Même si Papa a tout fait pour m'apporter tout l'amour qu'il fallait, c'est vrai que je rêvais parfois de voir Maman franchir la porte avec son sourire affectueux et ses cheveux aussi blonds que les miens. Une chevelure polaire, comme le répète mon père lorsqu'il glisse ses doigts dans mes mèches claires.

— Ça va, Papa ? Tu as l'air soucieux, commenté-je.

— Ne t'en fais pas, ma puce. Je voulais juste qu'on discute un peu, toi et moi.

Je m'assieds sur le lit, à côté de lui, et lui prends la main en lui souriant.

— Je t'écoute.

— Je ne t'ai pas toujours tout dit sur l'homme que je suis, murmure-t-il. Je t'ai caché beaucoup de choses.

Surprise, je lui adresse un regard interrogateur. De quoi parle-t-il ? Qu'est-ce qu'il a bien pu me dissimuler ? Papa n'est pas du genre à mentir.

— C'est une longue histoire. Qui se répète de génération en génération. Mon père avant moi, mon grand-père avant lui… Je ne sais pas par où commencer. Mais il est temps que je te dise toute la vérité.

Il tousse. Sa main tremble dans la mienne. Je déteste le voir comme ça. Je voudrais tellement qu'il aille mieux.

— Il ne me reste plus beaucoup de temps…

— Ne dis pas ça, Papa ! Tu vas vite guérir !

— Non… Je sais que c'est la fin, cette fois. Mais chut, écoute-moi, ma Bianca.

Un soupir lui échappe. Il a l'air rêveur. Ses yeux bleus se ferment quelques secondes avant de se rouvrir pour se poser sur moi. Dedans, j'y lis tout l'amour qu'il me porte. À la mort de Maman, nous nous sommes rapprochés. Unis dans l'adversité et la douleur que nous partagions. Notre relation est fusionnelle. Que vais-je devenir si je le perds ? Je n'ose même pas y penser, c'est trop dur. Mon cœur se brise à cette simple idée.

— Tu sais, lorsque ta mère était enceinte, j'espérais un garçon. Un bonhomme qui me ressemblerait et qui pourrait suivre le chemin que j'avais tracé. Et puis, tu es arrivée. Ta tignasse blonde, tes yeux si bleus et ton sourire adorable. Une petite poupée si mignonne. Même si tu n'étais pas le gamin que j'attendais, je suis tombé amoureux de toi au premier regard.

Mes lèvres s'étirent devant sa confidence pleine de tendresse, mais une question me taraude :

— Suivre quel chemin, Papa ? De quoi tu parles ?

— De mon métier.

Je fronce les sourcils. Que veut-il dire ? Il travaille comme routier depuis toujours. Pourquoi aurait-il désiré un petit héritier ?

— Je t'ai menti. Je ne conduis pas de camion.

— Mais… où étais-tu lorsque tu prenais la route ? Que faisais-tu ? demandé-je avec perplexité.

Et si mon père était un braqueur ? Un mafieux ? Tous les thrillers que j'ai pu lire me font imaginer les pires scénarios. J'essaie de me souvenir de chaque départ de cet homme que j'admire depuis toujours. Se peut-il que j'aie raté quelque chose ?

— Je partais. J'allais à des kilomètres d'ici, ça, c'est vrai. Mais ce n'était pas pour livrer des denrées alimentaires.

Je plisse les yeux. Et s'il passait de la drogue au Mexique ?

— Quoi alors ? Dis-moi ! le supplié-je avec empressement.

Il se mord la lèvre, mal à l'aise. Mon cœur bat à un rythme incontrôlable. J'ai peur de ce qu'il va me révéler. De connaître la vérité à son sujet. D'être déçue, surtout. Pas par lui. Je ne le supporterais pas.

— Je regrette de ne pas t'avoir parlé de tout ça avant… Ça aurait été plus facile.

— Papa… S'il te plaît. Ne me fais pas languir.

Il hoche la tête. Soudain, son visage se tord de douleur. Une fois de plus. Il grogne et pose sa main sur son ventre. Il me fait de nouveau face avec un rictus forcé.

— Je suis le père Noël, Bianca.

J'éclate de rire à la suite de ses paroles. Le père Noël ? Est-ce que maintenant il perd la tête ? Ou est-ce encore une blague ? Sauf qu'il ne sourit pas. Ses traits sont tirés et son visage grave.

— Je ne plaisante pas, marmonne-t-il.

— Papa, je n'ai plus cinq ans. Je ne crois pas à ces conneries. En plus, tu sais que je déteste Noël !

Il grimace et secoue la tête. Ma mère est morte juste la veille du jour de Noël. Mon père a tout tenté pour me redonner goût à ce moment qu'il estime magique, mais rien à faire. Je suis allergique à cette période de l'année !

— Bianca. S'il te plaît… Je suis sérieux. Le père Noël existe et c'est moi.

J'ouvre de grands yeux. Qu'est-ce qui lui arrive ? Se peut-il qu'il me dise la vérité ? Mon père, ce gros bonhomme en rouge et blanc ? Impossible…

— Aide-moi à me lever, me demande-t-il. Je vais te montrer.

Je secoue la tête.

— Tu ne vas pas bouger de ton lit ! Le docteur a dit que tu avais besoin de repos ! protesté-je.

— Si tu ne m'aides pas, je le ferai tout seul !

Quelle tête de mule ! Je soupire avant de retirer le drap. J'attrape sa main et tente tant bien que mal de l'aider à se lever, ce qu'il finit par faire avec difficulté.

— Papa… Ce n'est pas une bonne idée.

— Donne-moi ma canne ! m'ordonne-t-il.

Je m'exécute et il prend mon bras en me faisant signe de sortir de la pièce. Nous nous dirigeons dans le salon et il désigne du doigt la cheminée.

— On va passer par-là. Ça ira plus vite.

— Quoi ?

Une fois de plus, je pouffe de rire. Il se croit dans *Harry Potter* ?

— Je crois que tu es un peu groggy avec les médicaments, soufflé-je. Allez, viens, je te ramène dans ta chambre.

— Non, non. Ne me prends pas pour un vieux fou, Bianca. Suis-moi.

Il se glisse dans la cheminée et m'attire contre lui. Je le vois ouvrir un petit cadre noir que je n'avais pas repéré avant. Deux boutons y figurent. Il appuie sur l'un d'eux et, soudain, une bourrasque me fait frissonner. Je ferme les yeux et mon corps est emporté sans que je comprenne ce qu'il se passe.

Lorsque je me réveille, je suis saisie par le froid. Je suis allongée sur un épais tapis de laine de mouton. Une grande baie vitrée m'offre une vue spectaculaire sur des collines enneigées. Partout, du blanc. Un ciel de coton et une blancheur virginale incroyable. Qu'est-ce que c'est beau ! Je n'ai jamais été à la montagne avant. J'ai toujours été une fille du soleil. À part la plage et la chaleur, rien ne me plaît.

— Papa ? Où es-tu ?

— Par ici !

Il est déjà debout, un sourire aux lèvres. Il se dirige vers moi de sa démarche lente et peu assurée qui me rappelle à chaque fois qu'il vieillit. Il me tend la main et je me relève prestement.

— Où sommes-nous ? demandé-je.

— Dans mon royaume secret ! C'est ici que je travaille en réalité, ma puce. Le pays du père Noël t'ouvre ses portes.

— Tu… tu es vraiment le père Noël ?

— Eh oui ! En chair et en os. Mais pour combien de temps encore ? souffle-t-il.

Sa voix est triste. Il a l'air si malheureux.

— Je ne peux plus continuer à assurer ma mission. Cela fait plusieurs années que je commence à fatiguer, mais j'ai pris sur moi. Mais avec ce satané AVC qui m'est tombé dessus, je ne pourrai plus jamais être le père Noël.

Je caresse sa joue tendrement et y dépose un baiser.

— Pourquoi tu ne m'as rien dit avant ?

Il hausse les épaules.

— Parce que tu détestes Noël. À quoi bon essayer de te convaincre que c'est une période magique, pleine de miracles ?

— Maman est morte à ce moment, murmuré-je. Comment pourrais-je aimer cette fête ?

— Ta mère l'adorait. Elle aurait souhaité que tu continues d'en profiter comme quand tu étais petite. Et moi, j'ai besoin de toi, Bianca.

Je le regarde avec perplexité. De quoi parle-t-il ? Que puis-je faire pour lui ?

— Noël approche. Dans deux mois, je suis censé distribuer les cadeaux. Mais j'en suis incapable. Ma santé ne me le permet plus.

— Papa…

— Bianca, tu le vois bien, non ?

Je reste silencieuse. Il a raison. J'ai juste du mal à admettre qu'il n'est plus aussi en forme qu'avant. Admettre sa faiblesse me rappelle qu'il n'est pas éternel. Et ça me fait peur.

— Qu'est-ce que je peux faire pour t'aider ?

— Viens avec moi, me dit-il en me tendant la main.

Nous nous dirigeons dans la petite maisonnette dans laquelle nous avons atterri. Il s'installe sur le grand fauteuil en cuir usé près de la cheminée où crépite un feu et me désigne du doigt un placard.

— Ouvre-le.

Je m'exécute : à l'intérieur se trouve un costume rouge accroché à un cintre. Je le sors et l'observe, incrédule.

— Qu'est-ce que c'est ? le questionné-je.

— C'est pour toi. Je l'ai fait faire il y a deux ans lorsque j'ai fait mon premier AVC. En prévision…

Une jupe longue en velours avec un ourlet en fourrure claire, une chemise blanche cintrée et une veste assortie au bas. Un vrai uniforme de mère Noël ! Mais qu'attend-il de moi ?

— Je souhaite que tu me remplaces, ajoute-t-il devant ma mine incrédule.

— Que je te remplace ? Moi ? Tu veux que j'aille distribuer des cadeaux ?

Je ne peux m'empêcher de rire nerveusement. C'est fou. Je dois être en train de rêver. Ce n'est pas possible.

— Le métier de père Noël ne s'arrête pas là, ma puce. C'est un travail à temps plein. Il faut recueillir les lettres des enfants, gérer l'usine de cadeaux, l'équipe de lutins, les rennes… Ça ne s'arrête jamais !

— Mais je ne peux pas faire ça ! protesté-je. Je ne sais pas comment ça marche. Cet univers-là, je n'y connais rien. Je suis kiné, papa. Pas mère Noël !

— Bianca, s'il te plaît, me supplie-t-il. J'ai besoin de toi. Norbert, mon lutin en chef, pourra tout t'expliquer. Te former. Pour que tu sois prête à reprendre les rênes !

Je déglutis. Comment vais-je pouvoir faire un truc pareil ? Moi qui déteste cette période… Je suis mal barrée.

— Promets-moi que tu vas le faire. Pour moi. Pour ta mère aussi. Elle adorait l'idée que je sois le père Noël ! Cet endroit était son petit refuge secret.

Mon cœur se serre lorsqu'il parle de Maman. Étrangement, cela ne m'étonne pas d'elle. Elle était un peu loufoque. À l'opposé de moi qui suis cartésienne. Je soupire en repensant à la douceur de ses traits, à ses cheveux qui me chatouillaient le nez. J'ai envie qu'elle soit fière de moi, là où elle est.

— D'accord, Papa. Je vais le faire !

Un sourire éclaire son visage et je devine son soulagement quant à ma décision.

— Merci, Bianca.

— Norbert ? hélé-je.

J'avance dans le grand entrepôt où trônent d'énormes machines. Elles se chargent de la fabrication des cadeaux. C'est tout un art ! Tout est fait pour que ça aille vite, de la création du jouet à l'emballage dans un papier aux couleurs chatoyantes. Deux semaines que je suis en formation auprès du lutin en chef de mon père et j'ai assimilé tant d'informations que j'ai le sentiment que je n'y arriverai jamais. Le lutin en chef. Rien que de dire ça, je me sens stupide. Moi, une mère Noël ? Comment ai-je pu passer de ma vie tranquille à *ça* ? Je contemple mon uniforme que Norbert m'oblige à porter pour me « mettre dans l'ambiance », selon ses propres mots. Je déteste le rouge, en plus.

— Norbert ?

J'avance encore, mais personne ne semble être présent. C'est vrai qu'il est tard. Je devais arriver deux heures plus tôt, mais j'ai été retenue par mon boulot de kiné. Impossible de me couper en deux !

— Il est parti…

Cette voix, sortie de nulle part, me fait sursauter. Légèrement rauque et enrouée, elle n'appartient à aucun des lutins qui travaillent ici, j'en suis persuadée ! Je me retourne brusquement et fais face à un jeune homme de quelques années mon aîné. Ses cheveux de jais sont un peu trop longs à mon goût. Ils retombent sur ses épaules carrées et encadrent son visage laiteux. Ses prunelles aussi sombres que sa chevelure me fixent avec une lueur narquoise. Il porte une chemise rouge cintrée avec un jean noir et des Doc Martens. Plutôt pas mal dans son genre, si l'on oublie son air prétentieux.

— Qui es-tu ? le questionné-je.

Il s'approche de moi et pointe son doigt sur mon front.

— J'allais te demander la même chose ! Qu'est-ce que tu fais ici ?

— Je suis en formation avec Norbert !

Il me dévisage de haut en bas et désigne mon costume d'un signe de tête.

— Pourquoi tu portes ça ? Tu t'es prise pour la mère Noël ou quoi ? se moque-t-il.

Je hausse les épaules : je le savais, je suis ridicule dans cet accoutrement.

— Tu aurais dû choisir une jupe plus courte. Au moins, ça aurait mis tes jambes en valeur… commente-t-il.

Quel con !

— Et toi ? Pourquoi t'es là ? le questionné-je.

— Norbert ne t'a rien dit ?

Sa voix rauque, légèrement suave, est un brin moqueuse.

— Non, rien du tout. Qui es-tu ?

Je commence à être agacée par ce jeune homme. Pour qui se prend-il ? Après tout, je suis chez moi, non ? Mon père n'est pas papa Noël pour rien.

— Je suis Aiden. Et toi ? Tu ne t'es pas présentée… et je ne sais toujours pas ce que tu fous ici !

Je fronce les sourcils et lui tends ma main qu'il attrape. Sa peau est chaude contrairement à la mienne.

— Bianca, la fille du père Noël ! Je le remplace, affirmé-je. Je suis étonnée que Norbert n'ait pas évoqué le sujet. Car, désormais, c'est moi qui gère ici…

Bon, je m'emballe ! Je suis novice et j'ai du mal à comprendre comment tout fonctionne, mais je veux lui montrer que c'est ma place.

— Ah… La fameuse Bianca…

Il lève les yeux au ciel et pousse un juron à voix basse.

— Je croyais que t'aimais pas Noël ! rétorque-t-il, un brin d'agacement se devinant dans sa voix.

— Et alors ? Mon père a besoin de moi, donc je suis là, c'est tout !

— Sauf que tu arrives trop tard, décrète-t-il avec froideur. Je vais remplacer le père Noël ! Ça fait des années que je travaille avec Albin.

Je fronce les sourcils. Il connaît mon père ? Pourquoi ne m'a-t-il jamais parlé de lui ? Enfin, il faut dire qu'il vient juste de m'avouer la vérité sur son métier. Pourquoi aurait-il évoqué ce type prétentieux et agaçant ? Et Norbert ? Il aurait pu me dire qu'il y avait déjà un candidat à ce poste.

— Je n'ai jamais entendu parler de toi, grogné-je. De toute façon, maintenant que je suis là, tu n'as plus besoin de t'inquiéter. Les choses vont être gérées ! Noël sera merveilleux et tous les enfants gâtés.

Il éclate de rire avant de s'approcher de moi et pointer son doigt sur mon front.

— Toi ? La nouvelle mère Noël ? Impossible, ricane-t-il. On a une légende à entretenir. Et on parle d'un *père* Noël, pas de sa fille ou de sa femme.

— Aurais-tu oublié que nous sommes au 21e siècle ? protesté-je. Papa m'a demandé ce service et je veux faire ça pour lui !

Soudain, un bruit sourd nous fait nous retourner, l'empêchant de me répondre. Norbert est là, son chapeau vert sur la tête d'où sortent deux petites oreilles pointues. Il nous observe tour à tour et esquisse une grimace gênée.

— Norbert ! m'exclamé-je. Qu'est-ce que ce type fait ici ?

— C'est plutôt à moi de poser cette question… Pourquoi elle débarque comme une fleur ?

Il me fusille du regard. Je lui tire la langue, boudeuse. Pour qui se prend-il ? À croire qu'il est le maître dans ce royaume.

— Je… j'aurais voulu éviter ça ! grogne Norbert en soupirant.

Il s'avance en direction de son petit bureau au fond de l'usine et nous fait signe de le suivre. Nous prenons place dans les sièges face à lui et il pousse un nouveau soupir.

— Bon… Aiden, je te présente Bianca. La fille du père Noël.

— Oui, ça, j'ai compris, merci ! Mais pourquoi elle est là ? insiste-t-il.

— Il vient de le dire. Je suis la fille du père Noël. Et comme tu le sais sans doute, il est malade, riposté-je.

— Aiden nous aide depuis plusieurs années, intervient le lutin. Il a sa place ici. Son investissement et sa loyauté ne sont plus à prouver.

— Merci, Norbert ! Tu vois ?

Le jeune homme se tourne vers moi avec un rictus arrogant.

— Donc, tu es de trop, ajoute-t-il.

— À vrai dire… aucun de vous n'est de trop.

Le lutin en chef esquisse un petit sourire contrit.

— J'ai besoin de vous deux ici. Je voulais vous en parler, mais vous m'avez pris de court.

— D'elle ? proteste Aiden. Mais je connais le boulot du père Noël par cœur ! Je n'ai pas besoin qu'elle traîne dans mes pattes. En plus de ça, elle n'a même pas l'esprit de Noël !

Je croise mes bras sur ma poitrine et me tourne vers lui.

— Je fais ça pour mon père. Il m'a demandé de le remplacer. Il ne m'a pas parlé de toi. Ça veut dire que j'ai ma place ici.

Ma voix se casse.

— En plus, c'est peut-être son dernier Noël avec nous… continué-je, le regard voilé par la tristesse. Je veux lui rendre hommage et qu'il soit fier de moi.

Norbert hoche la tête. Il tend sa main vers la mienne, posée sur le bureau, et l'attrape pour la serrer.

— Ton père est un homme formidable. Il va être heureux de te voir si investie.

— Bianca ! Ramène tes fesses !

Je soupire, agacée. Aiden m'énerve. Cela fait deux semaines que nous bossons ensemble et il est insupportable. Il ne rate pas une occasion de me rappeler que, contrairement à moi, il connaît le travail par cœur et qu'il a sa place ici. Tous les lutins l'adorent et il sait se faire obéir par les rennes. Quant à moi, dès que je m'en approche, ils s'enfuient… Je suis mal barrée. De toute façon, ils me font peur ! Et cette ambiance de Noël qui règne sans cesse dans l'entrepôt me met mal à l'aise. Du rouge et du vert partout, des chants de Noël assourdissants et entêtants qui me trottent dans la tête des heures après avoir quitté le royaume et surtout, de la joie et de la bonne humeur partout à mesure que le 24 décembre approche…

— Qu'est-ce qu'il y a, encore ? grogné-je en arrivant à sa hauteur.

— Est-ce que toutes les poupées ont bien été mises en paquet ? me demande-t-il.

— Oui, bien sûr que oui ! J'ai terminé ça ce matin. Ne t'inquiète pas, je suis ta petite *to-do* liste à la lettre.

Il esquisse un sourire satisfait. À croire qu'il adore diriger ! J'ai l'impression qu'il prend un malin plaisir à me donner des ordres du matin jusqu'au soir !

— Si tu peux aussi gérer l'atelier vélos et trottinettes, ce serait cool. Roger a un peu de mal.

Je lève les yeux au ciel. Ce lutin est débile. Il ne comprend jamais rien. Heureusement que les autres sont plus débrouillards. J'ai encore du mal à me dire que ces petits êtres existent. Moi qui vivais dans un monde parfaitement cartésien où chaque chose avait sa place, je n'imaginais pas un jour devoir y inclure des lutins. Il ne manquerait plus qu'une sirène débarque ici ! Ou un vampire ! Au point où j'en suis, je crois que je ne serais même plus surprise.

— OK… J'irai dès que j'aurai terminé de m'occuper des lettres. Il y en a plus de mille qui sont arrivées depuis que je suis là !

Je secoue la tête, incrédule. Moi qui imaginais que plus personne ne faisait sa liste au père Noël, je me trompais. Il y a même quelques mots d'adultes qui écrivent juste pour raconter leurs malheurs. Incroyable. Je me rappelle pourtant que, enfant, la rédaction de ma lettre au père Noël était une étape indispensable pour moi ! J'adorais ça. Tout comme je composais le numéro qui passait en boucle à la télé ! Dire qu'en fait, le père Noël vivait tout près de moi ! Tous mes copains de classe auraient été fous de jalousie en apprenant cela !

— Ça marche. Si tu en as besoin, je viendrai t'aider pour le classement du courrier, propose-t-il.

Sa voix est plus douce. Son regard sombre accroche le mien et il m'adresse un sourire compatissant.

— Je sais que ce n'est pas le truc le plus sympa à faire, ajoute-t-il.

Je revois la pile de courrier qui s'amasse dans le bureau de mon père que nous partageons. Rien que d'imaginer devoir tout lire, inscrire les jouets souhaités par chaque enfant, je suis sur le point de défaillir. Comment Papa faisait-il pour faire tout ça ? Comment réussissait-il à s'en sortir ? Mon cœur se gonfle d'admiration pour cet homme que je considérais déjà comme un héros avant. Je ne peux qu'apprécier tout le travail qu'il a fourni durant ces nombreuses années pour permettre aux enfants de ce monde de passer des doux moments à Noël.

— À vrai dire, un peu d'aide serait la bienvenue, oui…

Il acquiesce et me désigne le bureau d'un signe de tête.

— Vas-y, je te rejoins dans quelques minutes. Juste le temps de gérer un problème à l'atelier et j'arrive.

— Ça marche !

Je tourne les talons et me dirige vers la petite pièce. Pourquoi se montre-t-il soudain aussi conciliant ? Aurait-il un sale boulot à me confier, encore ? C'est rare de le voir si gentil !

Cela fait plus d'une heure que nous trions ces foutues enveloppes. J'ai l'impression que le tas ne diminuera jamais. Pourtant, nous en épluchons, des lettres ! Mal orthographiées, touchantes, drôles, il y en a pour tous les goûts. Étrangement, je m'amuse plus que je ne l'imaginais ! Et la compagnie d'Aiden n'est pas si déplaisante. Ensemble, nous commentons certains courriers et notons les choses à faire. Cela permet d'avancer plus vite ! C'est vrai qu'il maîtrise le sujet sur le bout des doigts. Pourquoi Papa n'a pas préféré lui passer le relais à lui ? Bien sûr, je suis sa fille. Mais Aiden connaît tout. Et il est investi au possible. Bien plus que moi, pour être honnête. Peut-être parce qu'il semble adorer Noël ! Un sourire se dessine sur mon visage : je l'imagine sous un plaid devant un de ces téléfilms stupides qui passent en boucle au mois de décembre !

— Qu'est-ce qui t'amuse ? me questionne-t-il lorsqu'il surprend la lueur de malice dans mon regard.

Je secoue la tête.

— Rien, c'est juste que tu as l'air d'être un vrai amateur de cette période grotesque. Les guirlandes, les cadeaux, les repas en famille… c'est ton truc, hein ? Tu dois adorer tout ça ! Je suis sûre que tu es du genre à avoir décoré toute ta maison deux mois avant le jour J !

Il hausse les épaules. Soudain, ses prunelles se font fuyantes et son visage semble plus grave. Merde. J'ai dit quelque chose qu'il ne fallait pas ?

— Ça n'a pas toujours été le cas, se contente-t-il de souffler à voix basse.

Surprise, je l'observe. Ah bon ? Comment peut-on être un enfant qui n'aime pas Noël et devenir un adulte comme lui ? Qui ne se plaît qu'au pays des rennes et des lutins ?

— Avant d'être ici, c'était un des pires moments de l'année pour moi, m'avoue-t-il en ouvrant une lettre.

Il se tait pendant quelques secondes, le temps de prendre connaissance de son contenu. Son doigt se balade sur le papier jauni que les mots viennent déformer.

— Tiens, encore un gosse abandonné qui réclame une famille, soupire-t-il en glissant la lettre dans le dossier spécial qu'il a créé.

— Le pauvre… Ça doit être si dur pour un enfant d'être seul à Noël. J'ai toujours été bien entourée. Même après la mort de ma mère, mon père a tout fait pour que je passe des Noëls magiques, murmuré-je. Bien sûr, c'est le père Noël, mais je crois que c'était surtout pour me faire plaisir.

— Tout le monde n'a pas cette chance.

— Pourquoi tu n'appréciais pas Noël avant ? lui demandé-je avec curiosité.

Pour une fois qu'il semble s'ouvrir un peu à moi, autant en profiter pour creuser ! Il désigne d'un signe de tête le dossier « Orphelins » sur le bureau.

— Moi aussi, j'ai écrit une de ces lettres.

Sa voix est mélancolique. Il a l'air à des kilomètres d'ici. Mes yeux se posent sur la chemise concernée. Orphelin… Je comprends mieux. Aiden n'a pas eu la chance comme moi de grandir dans une famille aimante et chaleureuse.

— J'étais un de ces mômes abandonnés, un de ceux dont personne n'a voulu. Une mère camée, un père aux abonnés absents. On m'a trimballé de famille d'accueil en famille d'accueil. La plupart étaient instables… À chaque fois, retour au foyer. Et un peu plus désabusé au fil du temps…

Mon cœur se serre devant son visage triste. Une ombre voile ses prunelles sombres. Il a l'air si malheureux à l'idée de revivre tout ça. Je n'aurais jamais deviné cette histoire derrière son arrogance et son sourire désarmant !

— Un jour, j'ai écrit une lettre au père Noël, poursuit-il d'une voix hésitante. Ne te moque pas, j'avais quinze ans. Ce n'est plus l'âge de faire sa liste, mais bon… je crois que j'avais besoin d'évacuer tout ce que j'avais en moi. La détresse d'être seul, de vivre encore un Noël dans ce foyer si glauque… Bref… Je n'imaginais pas une seconde que j'aurais une réponse.

— Mais Papa l'a fait ? deviné-je. Il a répondu à ta lettre ?

Il hoche la tête. Un sourire revient éclairer son visage. Je ne peux m'empêcher de le trouver beau à cet instant. La gravité qui perce dans ses prunelles, son visage fin et ses traits harmonieux.

— Il a fait mieux que ça : il est venu me chercher et m'a emmené ici. Je me souviens encore de ses mots : « Je ne peux pas t'offrir une vraie famille, mais je te propose une vie, un travail et un environnement chaleureux. Si ça te va, j'attends de toi que tu apprennes à aimer Noël. »

Je ris. C'est tellement Papa de faire ça ! Il a le cœur sur la main. Le malheur des autres lui est insupportable. Voir les gens souffrir le rend triste. Je suis comme lui pour ça, mais sans doute moins généreuse et bienveillante.

— Depuis, je suis là, continue-t-il avec un léger sourire. C'est pour ça que je suis si impliqué. Ton père m'a offert le plus beau des cadeaux. Une famille. Quoi qu'il dise, ici, je suis heureux et j'ai ce dont j'ai toujours rêvé. Une famille peu conventionnelle avec des lutins, un père Noël, des rennes… et maintenant, une fille Noël !

Il m'adresse un clin d'œil complice et je souris en retour.

— C'est pour ça que tu étais con avec moi, alors ! me moqué-je. Tu t'es senti menacé ?

Il hoche la tête.

— Ouais… Pardon ! Je n'ai pas d'autre endroit où aller. Si je ne suis pas ici, je redeviens ce môme sans maison, sans famille.

— Je suis désolée aussi, soufflé-je. Je n'ai pas été très sympa non plus. Toute cette histoire a été difficile à digérer, pour être honnête. Moi qui déteste Noël, je me retrouve à être la fille du fameux bonhomme en rouge et blanc… Je ne m'y attendais pas. Papa m'a menti presque toute ma vie à ce sujet. Je ne lui en veux pas, mais ça a été un peu dur à admettre.

Il pose sa main sur mon épaule. Ses yeux accrochent les miens. Pendant quelques instants, nous ne disons plus rien. Il s'approche de moi. Mon souffle se coupe. Est-ce qu'il va m'embrasser ?

—Aiden! On a une urgence avec les rennes ! Tu peux nous aider ?

Le jeune homme s'écarte de moi. La magie du moment est rompue. Je me tourne vers Norbert qui vient de débarquer en furie. Pourquoi a-t-il fallu qu'il choisisse ce moment ?

— Oh… je… bredouille-t-il en devinant qu'il a interrompu quelque chose. Je ne voulais pas vous déranger. Mais c'est urgent.

— J'arrive !

Aiden me jette un dernier regard avant de se précipiter vers la sortie, talonné par le lutin en chef. Je me rassois, le cœur battant. Qu'est-ce qu'il se passe ? Allais-je vraiment embrasser ce jeune homme ? En avais-je envie ? Alors que je le détestais il y a encore quelques jours ? Quelques heures ? Je soupire et secoue la tête. Je suis perdue. Peut-être étais-je simplement émue par son histoire ? Rien de plus. Sauf que je ne peux m'empêcher de le trouver séduisant. Son visage aux traits marqués, la fossette qui se creuse sur sa joue gauche lorsqu'il sourit, la petite cicatrice qui orne son menton, ses cheveux de jais, les muscles fermes de son torse que je devine sous son pull rouge… Oh mon Dieu ! Je dois être aussi écarlate que son pull à ce moment précis ! Je craque sur Aiden ! Pour de vrai ! Comment ai-je fait pour ne pas le réaliser ?

— Bianca, arrête de t'éparpiller, me sermonné-je. Tu as du boulot !

Je contemple le tas de courrier qui m'attend. Maintenant que mon coéquipier est parti pour une mission urgente, je vais devoir terminer toute seule.

— Allez… Plus vite je m'y mets et plus vite j'en viendrai à bout.

Je chasse l'image des lèvres d'Aiden s'approchant des miennes pour me concentrer sur ma mission.

— Tout va bien, Papa ?

Je m'approche de mon père, allongé dans son lit, le regard dans le vide. Il se retourne vers moi et je m'assieds à côté de lui. Il s'empare de ma main. La sienne est froide. Je la serre fort et pose ma tête sur son épaule.

— Je suis un peu triste de ne pas préparer Noël, me confie-t-il. Ça me manque.

— Ne t'en fais pas… Tout se passe à merveille !

— Je sais. Vous devez former une équipe incroyable avec Aiden.

Bien sûr, j'ai raconté à mon père ma rencontre avec le jeune homme et je lui ai demandé de m'en dire davantage. Il m'a confirmé avoir été ému par l'histoire de cet adolescent, seul, au bord du gouffre. Lui donner sa chance, c'était important pour lui.

— Ça va un peu mieux qu'au début, plaisanté-je.

Bien entendu, les premiers jours, je n'ai pas manqué de me plaindre de lui, de son arrogance et de son côté chef agaçant ! Papa s'en amusait plus qu'autre chose et m'a conseillé de lui laisser du temps. Il avait raison. On s'entend de mieux en mieux. Aucun de nous n'a reparlé du presque baiser qui a failli avoir lieu. Peut-être que je l'ai imaginé ?

Pourtant, je suis presque certaine qu'il avait envie de m'embrasser.

— Aiden est un gentil garçon sous ses airs de petit con, je te le promets, affirme Papa. Savoir que vous vous occupez du royaume de Noël me rassure.

— Tu n'as à t'inquiéter de rien ! Nous allons faire en sorte que tout soit parfait ! m'exclamé-je. Aiden connaît son boulot à la perfection. Il assure.

— Je suis content que tu l'aies enfin rencontré, me dit-il avec un sourire. Cela fait longtemps que je voulais te le présenter, mais comment aurais-je pu le faire sans te révéler la vérité sur le fait que j'étais le père Noël ?

— Tu aurais dû me le dire avant, murmuré-je. J'aurais pu t'aider. Même si je n'aime pas Noël, je me serais impliquée ! Pour toi.

— Je le sais, ma puce. Mais je ne voulais pas t'imposer ça.

— Papa, je t'aime ! J'aurais adoré partager ça avec toi.

— Je t'aime aussi, ma Bianca. Le principal, c'est qu'aujourd'hui tu sois là et que tu m'aides. Même si Aiden ne le reconnaît pas, il a besoin de toi.

— Merci, j'espère être à la hauteur, murmuré-je. Ce n'est pas évident pour moi, mais je veux vraiment te rendre fier de moi. Noël sera magnifique et c'est pour toi qu'on le fait !

— Quoi qu'il se passe, je serai toujours fier de toi, ma petite fille chérie.

Il me serre contre lui. Je respire avec plaisir son odeur familière. Je l'aime tellement.

— Bianca, viens !

Je relève la tête. Aiden est à la porte de l'usine, un sourire éclatant illuminant son visage.

— Dépêche-toi, me presse-t-il.

J'abandonne ce que je suis en train de faire pour le rejoindre.

— Qu'est-ce qu'il y a ?

— Contente-toi de me suivre…

Il m'attrape par la main et m'entraîne à sa suite à l'extérieur. Tout est déjà enneigé. C'est ça, le royaume de Noël. Les flocons tombent sans cesse, même si le froid n'est pas aussi mordant que je le craignais lorsque j'y ai mis les pieds la première fois. Mais c'est beau. Jamais je n'aurais pensé que j'apprécierais autant un paysage. Qui l'eût cru ? Moi qui ne jurais que par les palmiers et l'océan, j'ai fini par admirer les collines vêtues de blanc, l'horizon poudré et les feux de cheminée qui réchauffent l'atmosphère.

— Où va-t-on ? lui demandé-je. Je n'ai même pas pris de manteau.

Il se fige et se retourne vers moi. Après avoir lâché ma main, il enlève son épaisse doudoune et la pose sur mes épaules.

— Voilà… Je n'ai pas envie que l'unique fille du père Noël tombe malade par ma faute !

— Et toi ? protesté-je.

Il hausse les épaules.

— Je suis habitué au froid, ne t'en fais pas. J'aime ça. Mon pull me suffit !

Il prend de nouveau ma main dans la sienne. C'est vrai que sa peau est chaude. Ça fait du bien. Puis, l'odeur de son parfum boisé qui flotte sur sa veste me berce doucement. J'adore.

— Tu m'emmènes où, alors ?

— Tu verras !

Nous faisons quelques mètres d'un pas vif jusqu'à parvenir à l'écurie des rennes. Je grimace et le retiens pour qu'il s'arrête.

— Qu'est-ce qu'on fait ici ? Tu sais bien que ce n'est pas le grand amour entre eux et moi, marmonné-je.

— Justement… Il faut arranger ça !

— Euh… comment ?

Il se retourne vers moi avec un sourire mystérieux.

— Nous allons faire une balade en traîneau ! Et c'est toi qui vas conduire.

Interloquée, je fronce les sourcils. Il est sérieux ? Qu'est-ce que ça va changer ?

— Ne grimace pas comme ça ! Tu vas voir, ça va être drôle, m'assure-t-il.

— Tu veux que je nous tue ? Je n'ai jamais conduit de traîneau.

— Il faut une première fois à tout…

Il se remet en route et nous arrivons devant les box.

— On va prendre Spéculos, Cookies et Oreo ! Ce sont les plus doux.

S'il le dit ! Moi, je ne suis pas convaincue. Ils me paraissent tous aussi effrayants les uns que les autres !

— Va leur dire bonjour pendant que je prépare le reste !

Je m'approche des rennes à reculons. J'ai toujours eu peur des chevaux. Forcément, ce n'est pas différent avec ces bêtes-là. Je crois qu'ils me terrifient encore plus. Et ils doivent le sentir, car ils ne semblent pas me porter dans leur cœur !

— Salut vous, lancé-je en m'approchant du box où ils sont en train de brouter.

L'un d'eux redresse la tête et souffle avant de se retourner.

— OK…

Aiden me rejoint et pose sa main sur mon épaule.

— Tout est prêt !

Il ouvre la porte du box et pénètre à l'intérieur. Tout de suite, les rennes abandonnent la paille pour venir à lui. Il les caresse affectueusement. Comment fait-il ? Ils ont l'air de l'adorer !

— Comment allez-vous, mes beautés ? On va aller faire une petite balade ! s'exclame-t-il avant de poser sa main sur la tête d'une des bêtes.

Oreo, je crois ! Il est plus foncé que les autres.

— Il faut que vous soyez en forme pour le jour J ! Vous dégourdir les pattes ne pourra que vous faire du bien !

Il se tourne vers moi avec un sourire.

— Tu es prête, Bianca ?

J'acquiesce. Ai-je le choix ? J'ai beau apprécier de plus en plus le jeune homme, j'ai compris qu'il est têtu comme une mule ! Quand il a quelque chose en tête, impossible de le lui enlever ! Quoi que je dise, cette balade se fera !

— Allons-y !

Il s'occupe des rennes qui le suivent docilement jusqu'à l'extérieur de l'écurie. Le traîneau est prêt. En bois foncé, il est magnifique. Recouvert d'une épaisse couverture en velours rouge, il donne presque envie de s'y coucher. Aiden sangle les rennes avant de grimper dans le traîneau, puis de me tendre la main pour m'aider à monter.

— Après vous, princesse !

Je m'installe à la place qu'il m'indique et il s'assied tout près de moi.

— Je vais rester là pour te guider au début, me murmure-t-il à l'oreille.

Sa voix rauque et le souffle chaud qu'il provoque dans ma nuque me font frissonner. Depuis notre presque baiser, j'ai tendance à être troublée dès qu'il est près de moi. Un peu gênant, vu qu'on bosse ensemble !

— On s'envole ?

J'acquiesce et attrape la longe en cuir qu'il me tend. Nos doigts se frôlent subtilement. Un nouveau frisson me traverse le corps, mais j'essaie de ne rien montrer.

— Comment je fais ?

— Comme ça !

Il pose ses mains sur les miennes pour m'indiquer comment tenir les rênes qui vont me permettre de nous diriger dans les airs.

— Doucement… Le poignet souple, me chuchote-t-il. Sinon, ils vont se braquer.

Il tire sur les rênes avant de relâcher la pression.

— En route ! s'écrie-t-il.

Les rennes s'élancent et soudain, c'est magique, nous décollons du sol. Nous sommes dans les airs. Un sentiment de légèreté m'envahit. Je n'ai jamais ressenti une telle sensation. Ils montent petit à petit jusqu'à approcher les nuages.

— Alors ? Ça te plaît ?

Je me tourne vers Aiden et hoche la tête en souriant. Je suis comme une gosse. Je vole.

— Je savais que t'allais adorer ça ! s'exclame-t-il. C'est génial, hein ?

— Tellement !

— Je te laisse manier, maintenant. Tu n'as qu'à suivre le mouvement. C'est plus simple qu'une voiture. Pas de bouchons, pas d'obstacles ! Juste le ciel et nous.

Il s'écarte un peu de moi. Je regrette presque la sensation de ses mains sur les miennes. Mais je n'ai pas le temps d'y penser. Je suis trop concentrée sur le maniement du traîneau. Après tout, c'est la première fois que je conduis un tel engin !

Rapidement, je m'y fais. Aiden a raison, ce n'est pas aussi difficile que je l'imaginais.

— Tu te débrouilles comme une chef ! me félicite le jeune homme. On dirait que tu as fait ça toute ta vie !

— Je ne suis pas la fille du père Noël pour rien, plaisanté-je. J'ai ça dans le sang !

Pendant l'heure qui suit, je m'amuse à conduire le traîneau. Plus ça va et plus je me sens à l'aise. Je réussis même à profiter du paysage. C'est sublime. Ce ciel de soie blanche, ces nuages qui se baladent au rythme du vent, quelques oiseaux que nous croisons de temps en temps… C'est comme un rêve !

— Allez, on arrête pour aujourd'hui. C'est une bonne première !

J'acquiesce et il revient près de moi.

— Je vais t'aider à atterrir !

Une fois de plus, ses mains accrochent les miennes et il reprend les rênes pour regagner la terre ferme. À regret. Parce que j'ai adoré ce petit vol ! C'était grisant !

Lorsque nous nous posons au sol, je laisse échapper un soupir d'aise.

— Merci, Aiden, soufflé-je. C'était génial !

— Avec plaisir…

— Comment ça se passe ?

Norbert me scrute avec curiosité. Aujourd'hui, il est de corvée avec moi pour le courrier ! Il a l'air de détester ça. Voilà pourquoi il pose cette question ! Il n'est pas du genre à discuter pendant le travail. C'est un chef trop consciencieux et rigoureux. Les autres lutins râlent parfois de ne pas faire plus de pauses !

— Tout va bien. Les choses avancent ! On sera prêts pour le jour J, ne t'en fais pas, le rassuré-je.

— Oh… Avec Aiden, je n'ai aucune crainte, s'esclaffe-t-il. Il est rodé ! Ton père lui a tout montré. Cela fait presque dix ans qu'il est père Noël adjoint, si on peut dire… Je voulais surtout savoir si entre vous, les choses allaient mieux…

Il arque les sourcils avec un sourire entendu.

— Les débuts ont été difficiles alors… ajoute-t-il.

Je ris. Il n'a pas tort. Nous nous étions mutuellement pris en grippe lui et moi. Mais les semaines ont passé et depuis, tout va bien. Il n'y a que cette stupide attirance que je ressens pour lui qui me trouble.

— On a réussi à trouver un terrain d'entente, déclaré-je. Aiden s'est senti menacé lorsque j'ai débarqué. Et c'est normal. Je comprends sa crainte compte tenu de son histoire.

Norbert plisse le nez et se penche vers moi, interloqué.

— Son histoire ? Aiden t'a raconté comment il est arrivé au royaume de Noël ? s'étonne-t-il.

— Oui ! Nous étions en train de trier du courrier et il a évoqué son passé. C'est si triste. Heureusement que Papa était là.

Le lutin en chef hoche la tête et m'adresse un sourire complice.

— C'est rare qu'il parle de qui il était avant d'être ici. Il n'y a que ton père et moi qui sommes au courant.

Mon cœur s'accélère. Il me fait confiance, alors ? Car sinon, il n'en aurait jamais parlé, non ? Apprendre ça me rend heureuse. Je suis touchée qu'il se soit confié à moi. Qu'il m'ait jugée digne de connaître son histoire.

— C'est ce jour-là que je vous ai interrompus ?

La question de Norbert me prend au dépourvu. Mon esprit glisse vers ce moment. Ce presque baiser. Si Norbert n'avait pas été là, Aiden m'aurait embrassée, oui.

— Encore désolé ! murmure-t-il. J'aurais voulu faire demi-tour, mais nous avions vraiment besoin de l'aide d'Aiden. Sans lui, la situation aurait sans doute empiré.

Je hausse les épaules. Peut-être que c'est mieux ainsi.

— Ce n'est rien, Norbert, le rassuré-je. Ne t'en fais pas.

— Bien sûr que si, insiste le lutin. J'ai senti que je dérangeais. Qu'il y avait un truc spécial entre vous deux.

— Non, non !

Je secoue vivement la tête. Je n'ai pas envie qu'il s'imagine quoi que ce soit !

— Nous étions juste un peu émus par ce qu'il venait de me raconter, c'est tout. Pas la peine d'en faire un drame.

Il me jauge de son regard perçant. Il ne me croit pas, je le vois. Tant pis. De toute façon, c'est vrai, il ne s'est rien passé entre Aiden et moi…

— Bon, je dois y aller, prétexté-je. Je suis à la bourre !

Je préfère ne plus avoir affaire à Norbert pour l'instant. C'est comme s'il lisait en moi comme dans un livre ouvert !

— Qu'est-ce que tu feras après Noël ?

Aiden me dévisage, l'air de rien. Il est en train de bricoler sur une des machines de l'usine de jouets et je le regarde faire. J'essaie de me rendre utile en lui filant quelques outils, mais il se débrouillerait tout aussi bien sans moi ! Dans ces moments-là, je me dis qu'il a davantage sa place que moi au royaume de Noël. Comment pourrais-je faire tout ce qu'il fait ?

— Comment ça ?

— Bah… est-ce que tu vas continuer de prendre la suite de ton père ou nous laisser gérer seuls ?

Je plisse les yeux. Qu'est-ce qu'il veut dire ? Essaie-t-il de se débarrasser de moi ?

— Je ne sais pas, soufflé-je. Je n'y ai pas réfléchi, pour être honnête. J'espère que Papa va aller mieux, mais le médecin m'a dit de ne pas me faire trop d'illusions… En général, ça ne va pas en s'arrangeant. Pourtant, j'ai l'impression qu'il se remet un peu…

Aiden baisse la tête. J'ai le temps d'apercevoir une ombre voiler son regard. Papa est aimé ici. Que ce soit par les lutins ou Aiden. Tout le monde l'adore. J'ai pu le voir. Ils sont une grande et heureuse famille. Ma peine, ils la partagent, la ressentent. C'est sans doute pour ça que je me sens bien ici. Je n'ai pas besoin de faire semblant de sourire. Ils savent.

Sa main se pose sur la mienne et je lui adresse un petit sourire.

— Il faut être forte pour lui.

J'acquiesce.

— Même s'il ne pourra plus jamais jouer son rôle de père Noël, il peut encore vivre plusieurs années. C'est quelqu'un de solide ! Il a déjà vaincu la maladie, il peut recommencer.

Il n'a pas tort. Mais dans quelles conditions ? Cloué dans un lit ? À devoir dépendre de quelqu'un ? Il déteste ça, je le sais.

— Tu as envie que je parte ? lui demandé-je soudain. Tu préfères que je ne revienne pas l'an prochain ?

Il fronce les sourcils et secoue la tête.

— Non, bien sûr que non ! C'est juste que tu n'aimes pas Noël. Alors j'imaginais qu'après ce remplacement d'urgence que tu t'es imposé, tu allais retourner à ta vie et oublier cet endroit.

Je soupire. C'est vrai que c'est une possibilité. Ce serait même plus simple. Mais au fond, ai-je envie de renoncer à mon nouveau rôle de mère Noël ?

— Je ne pourrais pas oublier ce royaume. Vous, encore moins… Je ne sais pas si je serai aussi impliquée, mais je vous aiderai, affirmé-je.

En prononçant ces mots, je n'ai aucun doute, c'est ce que je veux. Être ici, avec eux. Avec lui ?

Il sourit.

— Tant mieux… parce que je n'aurais pas pu t'oublier comme ça, Bianca.

Ma respiration se coupe. Son regard est si profond. Je pourrais me noyer dedans.

— Je croyais que tu avais envie que je parte, murmuré-je.

Il secoue la tête et abandonne son tournevis pour s'approcher de moi. Ses doigts se glissent dans ma chevelure polaire.

— Jamais, Bianca.

J'adore quand il dit mon prénom. Ce son dans sa bouche, cette douceur.

— Au contraire, ajoute-t-il. Je trouve que tu as ta place ici, plus que quiconque. Et on forme une bonne équipe, en plus de ça.

Je réussis à hocher la tête. Mon dieu, je dois être rouge comme une pivoine !

— Une super équipe ! approuvé-je.

— Alors, j'espère que tu resteras…

— Je… je… Oui, vous pourrez compter sur moi pour Noël prochain.

Et même pour les suivants ! Déjà, pour papa. Au fond, il en rêvait de voir sa petite fille chérie continuer le chemin qu'il a tracé. Et aussi, parce que j'ai envie d'être près d'Aiden. C'est fou. Ça me brûle le cœur tant j'ai ce besoin constant d'être à ses côtés. Puis, ce serait mentir que de dire que je ne prends pas plaisir à lire ces listes de Noël, à préparer les cadeaux et à imaginer les sourires heureux des gosses qui les trouveront le 25 décembre. Je me sens utile pour la première fois de ma vie. C'est comme si je devenais une de ces stupides héroïnes de téléfilms de Noël. La fille qui n'aimait pas les fêtes et finalement tombe amoureuse de la neige, de l'odeur des sapins et de la vision d'une famille unie autour d'une dinde !

— Je crois que c'est bon, souffle Aiden en reprenant son tournevis pour refermer le boîtier. Tout devrait fonctionner. Je te laisse continuer à lancer la fabrication des peluches ?

Je hoche la tête et il m'adresse un petit sourire avant de tourner les talons. Je ne peux m'empêcher de le suivre du regard. Que ressent-il pour moi ? Parfois, j'ai l'impression qu'il partage le même trouble que moi, d'autres, qu'il s'en fout royalement. Un soupir m'échappe. L'amour est une chose bien compliquée ! Surtout pour moi qui ne m'y suis jamais intéressée !

Bon, il est temps de me remettre au boulot. Dans moins de deux semaines, Noël sera là et tout doit être prêt !

— À quoi penses-tu, ma chérie ?

Je sursaute. Mon père est dans le salon, sur le seuil de la porte. Il se tient grâce à sa canne, mais cela faisait une éternité que je ne l'avais pas vu debout ! Il a l'air en forme.

— Papa ! Tu devrais être dans ton lit.

— Ah non, râle-t-il. J'en ai marre d'être allongé. J'ai mal au dos ! Il est temps que je fasse quelques pas.

Il avance vers moi et me rejoint pour se laisser choir sur le canapé.

— Un vrai jeune homme, plaisante-t-il. Je me sens mieux !

— Mouais…

Je lui souris. Au fond, je suis heureuse de le voir comme ça. C'est comme si je le retrouvais enfin.

— Alors ? À quoi pensais-tu ? insiste-t-il.

Je rougis malgré moi. Impossible de lui avouer que mon esprit était fixé sur Aiden. Comme bien souvent ces derniers temps… J'ai beau tenter de faire comme si de rien n'était, je me suis surprise plusieurs fois à avoir le jeune homme en tête !

— Je… Rien de particulier. Je me disais juste que Noël approche à grands pas !

— Tu es stressée ?

Je secoue la tête. Grâce à Norbert et Aiden, je suis plutôt sereine. Sans eux, j'aurais sans doute tout foiré. Noël aurait été une catastrophe. Mais là, tout roule. Nous sommes dans les temps, même en avance, selon le lutin en chef.

— Non, tout va bien se passer ! assuré-je. On travaille dur, mais cela porte ses fruits. Tout est presque prêt.

Il opine avant de me lancer un regard plein de malice.

— Et Aiden ? Il te plaît ?

Je me tourne vers lui avec des yeux surpris. Il rit et me tapote l'épaule avec tendresse.

— Je te connais, ma puce. Et lui aussi. Avant même de vous avoir présentés, je me suis dit que vous formeriez un couple incroyable.

— Papa ! Il n'y a rien entre lui et moi ! m'écrié-je. On bosse ensemble, c'est tout.

— Bien sûr… C'est ce qui explique pourquoi tu es plus rouge que ton costume de Noël ! se moque-t-il gentiment.

Je croise les bras sur ma poitrine. Impossible de lui cacher quoi que ce soit. Il me connaît trop bien.

— Peut-être que je l'aime bien, OK. Mais de toute façon, il s'en fout.

— Pourquoi tu ne lui parles pas de ce que tu ressens ?

Quoi ? Lui avouer mes sentiments ? Plutôt mourir ! S'il me rejette, je n'oserai plus le regarder en face !

— Peut-être qu'il fera le premier pas, qui sait ? prédit-il en souriant.

Il a l'air de l'espérer, en tout cas !

— De toute façon, je n'ai pas le temps de penser à ça ! répliqué-je. Entre mon boulot de kiné et le royaume de Noël, je n'ai pas une minute à moi.

— Il faut que tu t'occupes aussi de toi, ma chérie. Tu passes ta vie à veiller sur moi et à travailler. Et toi, dans tout ça ?

— Plus tard, Papa. Tu es ma priorité et donc Noël aussi !

Je lui adresse un sourire plein de tendresse et il me caresse la joue.

— Tu es une perle, ma fille. J'ai de la chance de t'avoir. Allez, file te préparer. Je ne voudrais pas que tu sois en retard à cause de moi.

J'acquiesce et enfile ma veste. J'ai mon premier rendez-vous de la journée avec un client dans moins d'une heure.

— Je voulais féliciter tout le monde pour le travail accompli !

Norbert se tient sur une estrade devant l'assemblée de lutins. Ça y est, le plus gros est fait. Les traîneaux sont remplis de cadeaux. Les listes ont toutes été lues et réalisées pour exaucer au possible les souhaits des enfants. Il n'y a plus qu'à se lancer.

Demain soir, ce sera l'heure. Aiden m'a expliqué que ce sont eux qui conduisent les traîneaux. Impossible pour le père Noël de faire une tournée mondiale en quelques heures ! Lui, il en conduit parfois un pour le plaisir. Sinon, ce sont les lutins qui s'envolent dans des centaines de traîneaux pour livrer les cadeaux.

— Je voulais remercier plus spécifiquement Bianca et Aiden qui ont assuré et fait un travail exceptionnel en l'absence de notre cher père Noël !

— Dommage que Papa ne soit pas là, soupiré-je.

Aiden pose sa main sur mon épaule avec un regard compatissant.

— Oui, il nous manque à tous. Ce ne sera pas pareil sans lui.

— Je lui ai parlé ce matin, il semblait si malheureux de ne pas être là. C'est la première fois qu'il rate ça.

— Tu sais quoi ? J'ai une idée ! s'exclame Aiden.

Je le regarde avec surprise.

— Quoi ?

— Je ne te dirai rien. Tu vas devoir patienter un peu. Fais juste en sorte d'emmener ton père demain.

— Le 24 décembre ? m'étonné-je. Mais pourquoi ? Le banquet des lutins est aujourd'hui.

— Que tu es curieuse ! s'amuse le jeune homme. Tu verras bien.

J'acquiesce. Connaissant Aiden, il refusera de m'en dire davantage. En tout cas, il a l'air ravi, tout à coup ! Je me demande ce qu'il peut bien préparer !

Norbert se dirige vers nous après avoir terminé son discours sous une pluie d'applaudissements. Chaque année, la veille du réveillon, Papa organise un repas pour remercier les employés du royaume. Des cadeaux leur sont offerts pour les féliciter du travail accompli.

— Allons manger ! s'exclame le lutin en chef avant de s'élancer vers la table.

Nous le suivons avec enthousiasme. D'après Aiden, les cuisiniers sont formidables. J'ai hâte de déguster ce qu'ils ont préparé. Lorsque j'arrive à la place qui m'est attribuée, un paquet trône sur mon assiette.

— C'est pour toi, chuchote Aiden.

—Oreo.

Je m'approche du box et le renne consent à s'approcher au bout de quelques secondes. Dire qu'il ne me supportait pas il y a quelque temps. Nous avons fini par nous apprivoiser. Il vient me frotter le bras avec son museau tout doux et je pose ma main sur sa tête.

— Comment tu vas ?

Voilà que je parle aux rennes, maintenant. Si Papa me voyait, il serait surpris. J'ai changé. À croire que je ne suis plus allergique à Noël ! J'ai même décoré moi-même les traîneaux pour qu'ils soient prêts à décoller !

— Oreo te préfère à moi, maintenant.

Je me retourne. Aiden se tient à quelques mètres de moi.

— T'es jaloux ? me moqué-je.

— Ouais, un peu !

— C'est pas de ma faute si je suis plus attirante que toi pour lui ! Mes cheveux lui font penser à de la paille. Voilà pourquoi il veut les manger sans arrêt.

Il s'esclaffe et secoue la tête.

— À vrai dire, je suis plutôt jaloux que tu me délaisses pour un renne. Aussi mignon soit-il !

Je souris et hausse les épaules.

— Il raconte moins de bêtises que toi, c'est pour ça, répliqué-je.

Il s'approche et le caresse. J'ai cru comprendre qu'Oreo est son chouchou. Il l'a aidé à naître et l'a nommé. Alors, forcément, ils ont un lien plutôt fort.

— Au fait, merci pour le cadeau. C'est gentil, soufflé-je.

— Ça m'a fait plaisir ! C'est juste une petite bricole, mais il te manquait un accessoire pour ton costume.

Il m'a offert un joli pendentif avec un flocon de neige en cristal. C'est sublime. Fin et élégant. Tout ce que j'aime. Dire que je n'ai même pas pensé à lui acheter quelque chose !

— Il est vraiment beau.

Aiden hoche la tête et se penche vers moi. Il attrape la pierre transparente entre ses doigts et la tourne doucement.

— Il te va à merveille. Il était fait pour toi.

Il se rapproche un peu plus de moi et je relève la tête vers lui. Nos lèvres ne sont qu'à quelques centimètres. Mais sa bouche se contente de déposer un léger baiser sur mon front avant de s'éloigner.

— À demain, Bianca. N'oublie pas d'emmener ton père !

Et il tourne les talons, me laissant seule avec Oreo.

— Tu es prêt, Papa ? demandé-je en pénétrant dans sa chambre.

Il hoche la tête et se tourne vers moi.

— Je suis assez beau pour toi ?

Il porte un pull en laine rouge et un pantalon noir. Qu'est-ce qu'il est élégant ! Même affaibli, amaigri, il reste le plus beau à mes yeux. Son regard azur est plus vif que d'habitude. Il a l'air content.

— Tu es magnifique !

— J'ai failli mettre mon costume de père Noël, mais c'est fini pour moi tout ça, grogne-t-il.

— Ne dis pas ça, Papa ! Tu es de plus en plus en forme. Regarde, tu te lèves tous les jours, maintenant.

Il acquiesce et m'attrape le bras.

— Mais je ne suis plus assez vaillant pour jouer au père Noël ! Heureusement que vous êtes là, me murmure-t-il.

Il caresse ma joue avec tendresse.

— Tu es très belle, ma chérie. Aiden ne peut que tomber amoureux de toi.

— Papa ! S'il te plaît… Laisse Aiden en dehors de ça.

— Bon, où m'emmènes-tu alors ? me questionne-t-il.

— C'est une surprise ! Je ne te dirai rien.

Je ris avant de soupirer.

— Pour être honnête, je ne sais même pas ce qu'on va faire ! avoué-je. C'est Aiden qui a tout organisé ! Il voulait te faire une surprise comme tu n'as pas pu profiter du banquet de Noël !

— Qu'est-ce qu'il est sympa, ce gosse ! Il pense toujours à moi.

— Normal.

Je hausse les épaules et lui souris.

— Tu as fait énormément pour lui, continué-je. Il est très reconnaissant. Tu lui as offert ce qu'il désirait le plus au monde : une famille.

Mon père hoche la tête. Il a l'air ému. Je sais qu'il est attaché au jeune homme. C'est sans doute le fils qu'il aurait adoré avoir. Aiden est travailleur, sérieux et plein de principes. Comme lui. S'il n'avait pas trouvé Papa sur son chemin, que serait-il devenu ?

— Je déteste voir les gens souffrir. Sa lettre m'a ému, alors j'ai décidé de lui ouvrir les portes du royaume de Noël ! Et je ne le regrette pas. Il s'est tellement investi depuis.

— Oui, il est heureux là-bas ! approuvé-je.

Mon père serre ma main dans la sienne et dépose un baiser sur ma joue.

— Allez, mettons-nous en route maintenant ! J'ai hâte de savoir ce qui m'attend !

— Nous y voilà ! m'exclamé-je en débarquant dans le royaume de Noël. Allons trouver Aiden.

Nous quittons la maisonnette qu'Aiden occupe et que mon père lui a laissée et je regarde autour de moi. Aucune trace du jeune homme. Mais Norbert semble nous attendre près de l'usine.

— Juste à temps ! s'écrie-t-il en arrivant à notre hauteur. Aiden est à l'écurie. Vous pouvez le rejoindre si vous voulez !

La nuit est tombée. Heureusement, les lumières tamisées éclairent l'endroit. Je tire sur ma jupe rouge et resserre les pans de mon manteau en velours blanc. Il fait frais. Noël est bientôt là ! La soirée du 24 est particulière. Beaucoup d'enfants sont déjà dans l'attente du père Noël ! Je me souviens que, lorsque j'étais petite, je passais des heures à la fenêtre à scruter le ciel noir en espérant y voir le célèbre bonhomme !

Nous arrivons près de l'écurie. Les traîneaux sont tous prêts à partir. Cela donne un tableau magnifique. La neige, les traîneaux pleins de cadeaux et les rennes qui nous regardent en attendant le signal.

— Père Noël !

Aiden nous accueille avec un grand sourire. Il porte le costume que mon père lui a fait faire pour prendre la relève. Il le porte plutôt bien, même s'il est loin d'avoir le célèbre ventre rebondi du vieux bonhomme barbu tel qu'on l'imagine !

— Bianca, me salue-t-il. Tu es sublime. Venez avec moi.

Il nous entraîne vers un des traîneaux et se tourne vers nous.

— On va conduire celui-là ! Tous les trois, précise-t-il. Bianca aux commandes et nous, on profite du voyage.

Un grand sourire éclaire le visage de Papa. Aiden est un génie. Comment n'ai-je pu y penser avant ? Même si Papa ne peut plus gérer, il peut toujours voyager en traîneau et s'amuser pendant la tournée !

— Aiden, c'est un cadeau incroyable ! s'écrie d'ailleurs mon père, les prunelles embuées par l'émotion.

Ce dernier se hisse sur le traîneau, aidé par le jeune homme. Il me tend ensuite la main et je la saisis avant de grimper à bord.

— Tu es sûr que je peux conduire ? lui demandé-je.

— Tu l'as déjà fait !

Il me fait un clin d'œil complice.

— Je vais t'aider ! Comme la dernière fois.

Il s'assure que mon père est bien installé et recouvre ses genoux d'un plaid avant de s'asseoir à côté de moi. Ses mains sur les miennes, il me guide pour que nous puissions décoller. Le traîneau s'envole dans le ciel obscur. Quelques flocons de neige tombent autour de nous. C'est sublime ! Papa n'aurait pu avoir meilleur cadeau !

Après une bonne heure de vol, nous revenons sur la terre ferme, les yeux remplis de magnifiques paysages. Aiden aide mon père à descendre du traîneau et Norbert l'aide à s'asseoir sur un banc près des écuries.

— Merci pour ce que tu as fait pour lui, murmuré-je à Aiden lorsque nous ramenons Oreo dans son box.

— C'était un plaisir !

— Il était si heureux.

— Toi aussi, non ? J'ai cru voir tes yeux pétiller.

J'acquiesce. Il a raison. Distribuer tous ces cadeaux et imaginer le bonheur des enfants lorsqu'ils les ouvriront demain matin était merveilleux !

— J'adore te voir sourire, me murmure-t-il. Tu es si jolie quand tu es heureuse.

Je pose mon regard sur lui. Ses paroles me touchent en plein cœur.

— Merci… J'adore quand tu es celui qui provoque cette joie.

Il s'approche de moi et chasse une mèche blonde derrière mon oreille.

— Joyeux Noël, Bianca.

— À toi aussi, Aiden…

Lorsque ses lèvres effleurent les miennes, mon cœur s'emballe. J'en ai rêvé. Mes bras se nouent autour de son cou et j'approfondis notre baiser. C'est si bon. Son cœur bat contre le mien. Il finit par s'écarter de moi, un sourire dessiné sur son visage.

— J'avais envie de faire ça depuis longtemps, m'avoue-t-il.

— Moi aussi !

— Et moi encore plus.

La voix de mon père me fait sursauter. Je me retourne et l'aperçois derrière nous. Il s'est rapproché sans que nous l'entendions !

— Je vous avoue que lorsque vous vous êtes rencontrés, j'espérais que cela arriverait. Quoi de mieux qu'un père Noël avec sa jolie mère Noël ?

Aiden acquiesce et je pouffe.

— Ta maman n'a jamais voulu m'accompagner, même si elle adorait ce royaume. Elle aimait trop son travail de psychologue et il lui prenait tout son temps. C'est mon plus gros regret, ajoute-t-il. Mais peut-être que toi, tu pourras aider Aiden.

Je me tourne vers le jeune homme. Une lueur d'espoir brille dans ses yeux. Je me rends compte que j'en ai envie. Être ici, avec lui. Être mère Noël et rendre fier mon père.

— Si Aiden veut de moi, je resterai, murmuré-je.

Il m'enlace et dépose un baiser sur mes lèvres.

— Bien sûr que je veux de toi ! Tu m'es indispensable, désormais.

— Vous êtes très beaux tous les deux, nous dit mon père. Je suis heureux de savoir que vous prendrez mon relais. Je ne pouvais espérer mieux. Allez, je vous laisse !

Il s'éloigne et Aiden se retourne vers moi.

— Alors, j'ai réussi à te faire aimer Noël ? me questionne-t-il, amusé.

— Oh, oui ! m'écrié-je. Et toi, aussi… Surtout toi, je crois.

— Ma Bianca de Noël.

Il m'embrasse, provoquant un nouvel envol de mon cœur. Je me sens à ma place ici, avec lui. Désormais, je sais que Noël aura une signification toute particulière pour moi. Entre mon nouveau job de fille du père Noël et mes sentiments pour Aiden, Noël va sans doute devenir ma fête préférée ! Qui aurait pu le croire ?

A propos de Marine

Marine Conan écrit depuis toute jeune. La lecture et l'écriture ont toujours fait partie intégrante de sa vie.

Elle a eu la chance de publier plusieurs romances contemporaines/new romance depuis 2018 et elle espère pouvoir continuer d'écrire encore et encore !

Son rêve ultime : vivre de sa plume et se mettre à l'écriture de thrillers.

Maman d'un petit garçon, elle adorerait aussi lui écrire des histoires qu'ils se raconteront plus tard, le soir, avant de dormir.

Fake Love at Christmas

Aurélie Philippe

Chuck

Chuck se figea devant l'écran de son téléphone. Ses yeux montèrent et redescendirent. Encore une fois. Il se pinça le bras. Il ne rêvait pas. L'appareil toujours en main, il fit des bonds dans son studio.

Il avait tout fait pour vivre au plus près de ses idéaux. Rien que dans le choix de son métier : vendeur de jouets ! Mais là, tout dans l'annonce décrivait le job de sa vie !

Sa famille et ses amis le regardaient avec un léger sourire laissant signifier qu'ils le pensaient atteint de folie douce lorsqu'il évoquait Noël. Ils allaient voir ce qu'ils allaient voir ! Il serait le successeur du père Noël ! Il relut la petite annonce : l'homme à la hotte voulait partir à la retraite et cherchait un remplaçant. Un voisin donna des coups dans le mur. Sûrement pour lui signaler que sauter comme un kangourou n'est pas raisonnable quand on vit dans un immeuble. Il cessa sans perdre le sourire. Rien ne ferait disparaître l'excitation qu'il ressentait ! Rien ne pourrait gâcher cette merveilleuse journée !

Il refit défiler le texte sous ses yeux. Quelles étaient les conditions pour postuler ? *Vous êtes motivés, sérieux et organisés.* Oui ! C'était tout lui ! Il s'arrêta soudain.

Venez tenter votre chance au village de Noël pour prendre la suite du père et de la mère Noël ! N. B. Le poste est pour un couple.

Comment ça ? C'était ridicule ! Ce n'était pas parce qu'il était célibataire que son rêve allait lui passer sous le nez ! La déception s'abattit sur lui.

Effondré sur le canapé, il chercha une solution. Aucune amie ne le suivrait dans un tel délire… Et impossible de trouver la femme de sa vie en deux semaines ! Ça faisait plusieurs années qu'il écumait les sites de rencontre sans succès. En général, elles le prenaient pour un grand gamin…

Son regard se perdit sur l'écran de la télévision. Un couple s'embrassait enfin dans une comédie romantique. Un sourire franchit ses lèvres. Il y avait bien une possibilité. Ça se faisait tout le temps dans les films, après tout. Autoconvaincu, il hocha la tête.

Il paierait une femme pour qu'ils puissent faire semblant d'être ensemble et se présenter à l'entretien. Une fois qu'il aurait le job, elle pourrait partir ! Il ne laisserait pas une telle occasion lui échapper.

Jess

Jess jeta son tablier dans une poubelle de la rue, le visage luisant de colère. Elle sortit son téléphone de sa poche d'un geste si brusque qu'il lui échappa des mains et se récolta une nouvelle fissure sur l'écran. Heureusement qu'il était solide !

Jess: Je me suis encore fait virer.

La réponse arriva immédiatement.

Zoé : Ma pauvre ! Je te l'ai déjà dit : viens en coloc avec moi. Ça te fera moins à payer…

Elle retint un soupir. La dernière fois qu'elle avait emménagé avec quelqu'un, c'était son petit ami Tom. Trop heureuse de quitter sa vie merdique avec ses parents, elle s'était précipitée et l'avait bien regretté quand il l'avait foutue à la porte, se disant plus amoureux…

Ça se passerait mieux avec Zoé. L'amitié est plus solide que l'amour. Mais elle avait envie de se débrouiller seule, même si elle enchaînait les galères.

Jess: Merci, c'est gentil ! Laisse-moi essayer encore un peu… Par contre, je crois que serveuse, c'est pas un job pour moi !

Zoé : Tu m'étonnes ! C'est le combien en un mois ? Le quatrième ?

Jess: Le cinquième… J'ai encore fait tomber un plateau de verres. Autant dire que les patrons n'aiment pas…

Zoé : Ça me fait penser… J'ai vu une annonce sur Facebook. C'est particulier, mais pas mal payé pour ce que c'est. Je t'envoie ça !

Son regard s'arrêta sur le lien joint. *Recherche femme pour simuler couple et devenir père et mère Noël.*

Elle en resta bouche bée. Le fameux Chuck qui avait posté ça devait avoir fumé la moquette. Et Zoé qui lui transférait ça ! Père et mère Noël ?

Jess: T'es sérieuse ? On dirait un canular.

Zoé : Bah, je sais pas... Ça coûte rien d'appeler, vu le salaire.

Il était vrai que c'était bien payé : trois mille dollars. Bien plus que ce qu'elle gagnait en enchaînant les jobs sur un mois dans des restaurants. Elle porta ses ongles rongés à sa bouche. Un coup de téléphone ne lui coûterait rien. Qu'avait-elle à perdre, après tout ? Ce n'était pas de la prostitution. Il fallait juste faire semblant d'être en couple. Ça lui permettrait de liquider ses factures et de même se payer quelques cours du soir à la fac…

Chuck

Une sonnerie rapide, presque timide, retentit. Chuck se précipita pour ouvrir. Une jeune femme plutôt petite et menue, cheveux blonds, yeux bleus, vêtements soignés, attendait derrière. Son visage angélique en ferait une mère Noël parfaite !

— Bonjour ! Entrez !

Elle pénétra dans son appartement bordélique à pas discrets, semblant craindre de salir quelque chose. Il tritura nerveusement sa barbe brune, cherchant à se donner une contenance. Il n'avait jamais organisé d'entretien d'embauche. Encore moins de ce genre…

— Comment vous appelez-vous ? démarra-t-il.

—Jess… Avant de commencer, j'ai deux questions à vous poser, reprit-elle d'une voix plus assurée.

Il hocha la tête pour qu'elle poursuive.

— C'est sérieux cette histoire de père Noël ?

— Bien sûr ! Je n'aurais pas mis de petite annonce sinon !

— D'accord, dit-elle avec une légère grimace, semblant sceptique. Et cette histoire de couple, jusqu'à quel point ça doit aller ? Car, je vous préviens, je n'irai pas plus loin que quelques baisers en public. Je ne suis pas une prostituée !

Il leva les mains pour se défendre.

— Oh non ! Pas du tout ! C'est juste que sur l'annonce réalisée par le père Noël, il est demandé d'être deux. Vous comprenez, il aimerait profiter de sa retraite avec sa femme. Donc, ils ont besoin d'un couple !

Il lui montra l'annonce qu'il avait trouvée. Elle opina de la tête lentement.

— Rien de plus que des baisers ! répéta-t-elle. Vous me payez le billet d'avion pour la Laponie, tous les frais sur place et un salaire de trois mille dollars… C'est bien ça ?

— Oui, oui, oui…

— Même si votre annonce se trouve être un canular ?

Elle n'y croyait vraiment pas… Comme son entourage, après tout ! Il soupira.

— Oui, même si. Vous voulez le poste, alors ?

Il avait l'impression que c'était lui qui passait l'entretien. Elle porta ses ongles rongés à sa bouche avant de répondre :

— Oui…

Ouf ! Elle était sa seule candidate, en réalité.

— Bien, vous êtes prise !

Jess

Lorsque l'avion se posa sur la piste d'atterrissage, Jess se demanda une fois de plus dans quoi elle s'était embarquée. Elle suivait un illuminé qui voulait devenir le nouveau père Noël… *C'est pour l'argent*, se rappela-t-elle. Elle profiterait de vacances gratuites en Laponie et de trois mille dollars, quelle que soit l'issue…

Assis à côté d'elle, Chuck avait un immense sourire aux lèvres et les yeux qui pétillaient de joie. Un pull en laine avec un renne et des guirlandes multicolores ornait son grand corps et ses longues jambes étaient recouvertes d'un pantalon de velours rouge. Apparemment, il ne savait pas faire dans la discrétion… Difficile pour elle de l'assumer alors qu'elle avait passé sa vie à se fondre dans la masse.

Tout le long du vol, il n'avait cessé de lui donner des informations sur lui. Couleur préférée, parfum, goûts, hobbies… Puis, il l'avait interrogée.

Les renseignements tous plus étranges les uns que les autres n'arrêtaient pas de se mélanger dans son esprit. Il était allergique aux cacahuètes, mais adorait les kiwis. Ah non ! C'était l'inverse !

Heureusement qu'elle n'aurait pas besoin de faire illusion longtemps… Il avait enchaîné avec des questions à propos d'elle. Elle s'était montrée franche sans donner trop de précisions. Juste ce qu'il fallait pour jouer son rôle. Mais rien ne semblait freiner son enthousiasme. Il trépignait sur place, déjà debout, prêt à sauter de l'avion dès que la porte s'ouvrirait.

Elle soupira en rongeant ses ongles. Pourvu qu'il ne s'effondre pas quand il découvrirait que ce n'était qu'un canular ! Comment pouvait-il croire en l'existence du père Noël à son âge ? Il avait dû vivre choyé avec une famille aux petits soins pour lui. Elle repensa à ses soirées de Noël en solitaire dans sa chambre avec sa vieille poupée tandis que ses parents réveillonnaient avec leurs bouteilles de whisky sans lui prêter la moindre attention. L'espoir de tout de même trouver un cadeau au pied du sapin le lendemain matin, puis la déception de ne retrouver que les corps amorphes de ses parents entourés de cadavres de bouteilles. Ça avait dû être plus sympa chez Chuck !

Chuck

Chuck n'avait qu'une hâte : parler au père Noël. Il voulait à tout prix faire bonne impression. Il avait choisi de porter son plus beau pull de fêtes pour l'occasion et ne cessait de jacasser dans les oreilles de Jess. Sa façon à lui d'évacuer le stress.

Cette dernière répondait du bout des lèvres, peu touchée par son excitation. Lorsque le taxi les déposa au village de Noël, il crut défaillir.

Tout était comme dans ses rêves. Le sol était entièrement recouvert d'une neige scintillante. De petites maisons décorées de guirlandes et de boules rouges et blanches bordaient les rues. Des sapins illuminaient les jardins. Il attrapa la main de Jess et la tira afin d'accélérer le pas.

— Attends, pas si vite ! Je vais…

Il ne sut jamais ce qu'elle voulait dire, car elle glissa sur une plaque de glace et se retrouva les fesses sur le sol gelé. Elle lui jeta un regard furibond. Il leva les paumes pour signifier que ce n'était pas de sa faute, mais elle l'ignora.

— Aide-moi à me relever plutôt ! dit-elle, la voix grondante.

Comment pouvait-elle être aussi en colère dans un endroit pareil ? Il avait bien remarqué qu'elle ne semblait pas croire en la magie de Noël. S'il avait pu trouver une autre femme, il l'aurait fait, mais elle avait été la seule candidate jusqu'au jour du départ.

Il espérait la faire changer d'avis. Elle serait bien obligée quand elle verrait le père Noël !

Des lutins vêtus de tuniques vertes et de collants à rayures rouges et blanches s'affairaient. Chuck s'approcha de l'un d'eux.

— Hum, excusez-moi, bonjour !

— Oui ? répondit la créature tout en continuant de cocher des croix sur une liste sans même les regarder.

— Nous venons à propos de l'annonce…

— Vraiment ?

Le lutin les scruta de ses yeux d'un bleu couleur cristal.

— Suivez-moi !

Il les mena jusqu'au plus grand des bâtiments. Alors qu'il y pénétrait par une petite porte, Chuck s'aperçut de la mine incrédule de Jess. La sympathie l'envahit. Il posa une main sur son bras et lui chuchota :

— Ça va aller, tu verras !

Jess

Jess pinça la peau de sa joue. Elle ressentit bien la douleur. Elle n'était pas en train de rêver ! Pourtant, une petite créature se tenait devant elle, habillée en lutin…

Ça fait partie du folklore, se rassura-t-elle. Ils étaient au village de Noël, après tout. C'était le spot touristique de la Laponie. Elle allait sûrement aussi rencontrer un homme déguisé en père Noël qui assurait une permanence. Ce dont elle doutait, c'était la valeur de la petite annonce.

Elle jeta un regard en biais vers Chuck. Son agitation n'avait cessé de s'accroître depuis qu'ils avaient atterri.

Ils débouchèrent dans une sorte de gigantesque atelier. Des lutins, ou plutôt des nains déguisés en lutins, se corrigea-t-elle, étaient affairés à la fabrication, au transport ou à l'emballage de jouets. C'était fou les moyens que se donnait ce pays pour entretenir une telle mascarade.

Elle sentit les yeux bleu cristal de leur guide la transpercer d'un air critique. Elle haussa les épaules. Elle n'avait rien dit. Elle n'y pouvait rien s'il percevait son scepticisme. Ils s'arrêtèrent devant une porte en bois.

— Entrez ! leur intima une voix grave avant même qu'ils ne frappent.

Sur un grand fauteuil, un homme au ventre rond vêtu d'un manteau rouge à la fourrure blanche leur souriait à travers sa longue barbe.

— Je commençais à croire que vous ne viendriez pas… Les autres candidats sont déjà arrivés depuis deux jours. Bienvenue, Chuck et Jess, c'est bien ça ?

Jess se figea et hocha la tête. Comment connaissait-il leurs noms ?

— Je suis désolé, il nous a fallu quelques jours pour nous organiser, répondit simplement Chuck. Je l'ai prévenu de notre arrivée, chuchota-t-il à Jess en voyant son air surpris.

— Pas de soucis ! Nous vous avons attendus ! Azur, emmène-les dans leur chalet, s'il te plaît !

Le lutin qui les avait menés là opina de la tête et leur fit signe de le suivre. Ce n'était pas un canular…

Ils allaient vraiment passer un entretien d'embauche pour être père et mère Noël ! D'un coup, cela fit sens. C'était logique : ils cherchaient deux nouveaux figurants pour remplacer ceux actuels, c'était tout !

Chuck

Chuck avait l'impression de vivre un rêve. Tout était si beau, si Noël ! Leur chambre, située dans un petit chalet individuel, était décorée de rouge et de blanc. Ils avaient à peine eu le temps de déposer leurs affaires qu'Azur était venu toquer pour les prévenir qu'ils étaient attendus. Il jeta un coup d'œil à Jess, espérant qu'elle jouerait le jeu.

— Fais un effort, hein ? la prévint-il avec nervosité.

Elle leva un sourcil incrédule.

— Je ferai ce pour quoi je suis payée, annonça-t-elle.

Et elle glissa sa main dans la sienne avant de quitter leur maisonnette. Immédiatement, le froid le glaça et pourtant, il avait prévu des vêtements adaptés aux températures. Il se demanda comment faisait Jess avec sa doudoune à peine rembourrée.

Dans un salon à la moquette bordeaux, un couple patientait sur un canapé en velours vert. Il s'assit avec Jess sur un autre et observa la concurrence. L'homme et la femme à sa droite se tenaient le dos rigide, habillés de costumes assortis. Ils lui adressèrent un rictus crispé.

Le père Noël entra dans la pièce et s'installa au centre.

— Mes amis ! Je suis content d'avoir des candidats pour prendre ma relève. Nous avons décidé de vous faire suivre une formation. Nous vous observerons lors des exercices. Dans trois semaines, nous choisirons le couple qui nous succèdera.

La mère Noël, qui était debout près de la cheminée, semblait les étudier. Sous son regard scrutateur, Chuck se rapprocha de Jess de sorte que leurs cuisses se touchent. Cette dernière se crispa, surprise ; il l'apaisa d'un geste de la main, ne voulant pas attirer l'attention sur eux.

— Demain, vous travaillerez sur la fabrication et l'emballage des cadeaux. Azur se chargera de vous donner les détails. Je vous souhaite bonne chance à tous !

Et il quitta la pièce avec la mère Noël et Azur.

Fabrication et emballage de cadeaux : ça ne devrait pas lui poser de difficultés. Son expérience de vendeur de jouets était un sacré avantage. Il espéra que Jess pourrait suivre.

Jess

Restés seuls dans le salon, les deux couples s'étudiaient. Des tasses de chocolat chaud fumant furent servies par des lutins. Finalement, la femme se présenta :

— Salut vous ! Moi, c'est Liz et voici Raf ! J'ai hâte d'être à demain, ça promet d'être amusant !

L'enthousiasme dans sa voix surpassait presque celui de Chuck, mais paraissait surjoué.

— Ça va être génial ! Je suis Chuck !

Il lui donna un coup de coude dans les côtes.

— Jess… lâcha-t-elle du bout des lèvres.

Ils étaient tous beaucoup trop joyeux dans cette pièce… Se rendaient-ils compte qu'ils étaient en compétition ? Apparemment, oui ! Raf s'en souvenait, car il dit d'une voix sèche :

— Nous allons nous retirer pour nous préparer. Au revoir !

En accord, Liz et lui se levèrent et partirent sans plus leur adresser un regard. Chuck les salua d'un geste de la main, étonné.

— Ils n'ont même pas bu leurs chocolats…

Jess eut envie de tirer Chuck par le bras et faire de même, mais celui-ci avait l'air de vouloir traîner. Elle prit son mal en patience, se rappelant qu'elle était payée pour faire ça et que c'était un job comme un autre. Sa tasse déjà bien attaquée, il la regardait en souriant, de la chantilly dans la barbe.

— Que penses-tu qu'on va apprendre ? Je suis tellement heureux d'être là ! Forcément, j'aimerais bien devenir le nouveau père Noël, mais je suis content de rencontrer des personnes qui partagent le même rêve que moi !

Il devait boire trop de chocolat chaud ou un truc du genre ! Ou alors, il n'avait jamais affronté de difficultés dans la vie pour être aussi gnangnan.

Elle haussa les épaules.

— J'imagine qu'on va apprendre à jouer le rôle du couple de Noël…

Il grimaça devant son manque d'enthousiasme.

— Tu ne bois pas ton chocolat ? Tu n'aimes pas ?

— Je déteste la chantilly ! déclara-t-elle.

— Quoi ? Mais c'est pas possible ! La chantilly, c'est la vie ! Et sur le chocolat, c'est le paradis !

Cet idiot réussit à lui arracher un sourire.

— Tu n'as qu'à la manger. Mais tu me laisses le chocolat ! le menaça-t-elle.

Son visage s'illumina.

— Je savais que cet endroit viendrait à bout de ta carapace !

Le pauvre, s'il savait ce qu'elle pensait de tout ça…

Chuck

Chuck étudiait le visage de Jess qui s'était de nouveau fermé. C'était fou… Il avait à peine réussi à lui décrocher un sourire en vingt-quatre heures. Et elle détestait la chantilly… Cette fille était pire qu'un robot !

Il espérait qu'il arriverait à la dérider un peu plus pendant le séjour, sinon ça allait passer lentement. Il attaqua goulument la chantilly de Jess à la cuillère avant de terminer son chocolat.

— Tu veux aller visiter le village ?

Elle le regarda un instant, comme bloquée. Un robot, vraiment !

— T'as de la chantilly dans ta barbe ! annonça-t-elle.

Il tenta de l'essuyer. Elle secoua la tête et lui prit la serviette des mains.

— Laisse-moi faire. C'est par là.

Son parfum de vanille lui emplit les narines. Elle aimait quand même certaines choses sucrées, apparemment…

— Voilà !

— On va se promener, alors ? essaya-t-il encore une fois.

— Tu peux y aller si tu veux. Moi, je suis fatiguée ! Je vais me reposer.

— Pas possible ! Si on me voit seul dès le premier jour, notre couverture ne tiendra pas longtemps.

— Peut-être demain, proposa-t-elle.

Il opina de la tête, conscient qu'il n'obtiendrait rien de mieux. Ils prirent la direction de leur chalet. Une fois arrivée dans la chambre, elle saisit immédiatement ses affaires et alla dans la salle de bains. Il en profita pour se changer aussi et s'octroyer le côté droit du lit. Lorsqu'elle ressortit, elle poussa un cri :

— On va pas dormir ensemble, quand même ?

— Bien sûr que si ! Je te rappelle qu'on doit faire semblant d'être un couple !

— Enfin, là, il n'y a que nous…

— Et alors ? Je ne vais pas dormir sur ce minuscule divan pour te faire plaisir ! Le lit est bien assez large pour qu'on ne se touche pas, ne t'inquiète pas !

Elle croisa les bras devant sa poitrine.

— Je te préviens : si tu me touches, je te boule par terre !

Bouler ? Il n'avait jamais entendu cette expression. Il imagina qu'elle le pousserait violemment au sol. Elle le prenait vraiment pour un pervers…

— Si ça te fait plaisir, souffla-t-il.

Puis, il lui tourna le dos. N'empêche que, quand elle était énervée, elle avait l'air plus humaine, songea-t-il avant de s'endormir.

Jess

À son réveil, elle se retrouva collée à un corps chaud. Elle se raidit avant de se rappeler. Chuck… Elle s'écarta de lui avec précipitation et alla s'isoler dans la salle de bain. Trois semaines… Il lui fallait tenir cette comédie pendant trois semaines pour récupérer un salaire qu'elle aurait mis trois mois à toucher avec ses jobs habituels. C'était quand même de l'argent facilement gagné. Le plus dur était de supporter cet esprit de fêtes poussé à l'extrême autour d'elle et l'énergie joyeuse de Chuck. Elle enfila un jean propre et un tee-shirt, vérifiant qu'il n'avait ni tache ni plis. Elle détestait avoir l'air négligée ; ça lui rappelait de mauvais souvenirs.

Lorsqu'elle sortit, Chuck ronflait encore. Il dormait comme il vivait : à fond ! Elle en profita pour extirper un livre de droit du fond de son sac. Elle l'avait emporté, espérant avoir quelques minutes pour avancer.

En attendant d'avoir assez d'argent pour s'inscrire à la fac ou au moins à des cours du soir, elle apprenait ce qu'elle pouvait dans des bouquins seule. Installée sur le divan de velours bordeaux, un coussin sur les genoux, elle s'arma d'un crayon de papier et se mit au travail.

Immergée dans sa lecture, elle sursauta lorsque Chuck s'approcha d'elle. Le soleil perçait fortement à travers les rideaux rouges et blancs. Elle rangea ses affaires avec empressement, se sentant comme prise en faute.

— Ça va ? Tu faisais quoi ?

— Je travaillais…

— T'es étudiante ? C'est vrai que t'es jeune…

— Plus ou moins, lâcha-t-elle du bout des lèvres.

Elle n'allait pas lui déballer sa vie, ce n'était pas son genre.

— OK. Tu sais, ces semaines ensemble passeront plus vite si on parle un peu…

Il avait raison. Mais la dernière fois qu'elle s'était ouverte à quelqu'un, elle l'avait bien payé.

— Je suis désolée. Je n'ai pas l'habitude de me confier. Je vais démarrer des études de droit. Quand j'aurai un peu d'argent…

— Oh ! Je vois ! C'est pour ça que tu as postulé pour le poste ! Je comprends mieux, tu as tellement l'air de détester Noël…

— Je ne déteste pas, je n'en vois juste pas l'intérêt !

— Faire rêver les gens, tout simplement !

Ses yeux à lui brillaient d'étoiles contenues.

Chuck

— Faire rêver les gens, tout simplement ! lui répondit-il. C'était quelque chose de magique en soi.

— Je ne vois pas l'intérêt des rêves. Il est bien plus utile de définir des objectifs et de les concrétiser.

— Je vois ce que tu veux dire… Tu préfères réaliser tes rêves plutôt que les imaginer ! Mais il y a des histoires qui font rêver… Comme les romances ou les films de Noël ! Tu te sens bien en les regardant !

— Toi, peut-être ! Moi, ça me rappelle ce que je n'ai pas ! Et je préfère passer mon temps à avancer dans mes projets !

Sa vie ne devait pas être drôle tous les jours si elle ne se détendait jamais. Elle avait à peine plus de vingt ans, mais déjà quelques rides apparaissaient sur son front.

Tellement concentré sur sa joie d'être ici, il ne s'était même pas demandé ce qui avait pu la pousser à l'accompagner. Se payer des études… *On vit quand même dans un triste monde dans lequel on a besoin de travailler pour se permettre d'apprendre…*

Il tritura sa barbe, songeur. Il remerciait tous les jours ses parents de lui avoir permis de faire ce qu'il voulait malgré sa famille nombreuse. Certes, ses rêves à lui étaient modestes : mettre de la joie dans le cœur des enfants en leur vendant ou en leur réparant des jouets. Mais il avait trois sœurs et un frère. Il était content que chacun d'entre eux ait pu faire les études qu'il souhaitait.

— J'espère que tu réussiras à mener à bien tes projets !

Un maigre sourire fendit le visage de Jess.

— Merci ! L'argent que je vais gagner en jouant ta petite amie devrait m'aider.

— Tant mieux !

S'il pouvait l'aider à concrétiser son rêve en même temps que le sien !

— Prête à affronter toute cette magie de Noël à l'extérieur ? la taquina-t-il.

— Prêt à supporter mes éclats face à tant de mièvrerie ? répliqua-t-elle.

— Tant que j'ai du chocolat chaud avec une bonne couche de chantilly sur le dessus, je peux affronter n'importe quoi !

Elle grimaça.

— Berk !

— Aucun problème, je me sacrifierai pour manger ta part de chantilly ! proposa-t-il en rigolant, heureux de la voir si détendue.

Jess

Ils étaient au milieu des établis dans l'atelier de jouets. Chuck lui tenait la main, tout sourire. Elle jouait son rôle de petite amie parfaite. Elle se demanda un instant comment ça se faisait qu'il n'en eût pas de vraie. Il semblait pourtant accessible. Un peu allumé, certes…

Azur leur expliquait le fonctionnement. Comment arrivaient les jouets ? Que faisaient les lutins ?

— Bien, j'ai fini. On va passer aux choses concrètes. À vous de travailler !

Hein ? Comment ça ? Elle jeta un coup d'œil inquiet à Chuck. Il haussa les épaules.

— Ils veulent sûrement qu'on les aide un peu. Et nous voir à l'œuvre pour savoir ce qu'on vaut…

Il avait l'air terriblement sûr de lui. Le lutin plaça chaque couple devant un établi et leur demanda de monter des jouets.

Elle regarda les faux murs, les sols, le toit de la maison de poupée. Elle n'était pas très douée en assemblage en général. Sa maladresse revenait au galop dans ce type de situation. Elle se plaça à côté de Chuck et l'observa faire en silence.

— Tu peux tenir ça ?

Elle leva un sourcil.

— Moi ?

— Bah oui, toi !

— C'est que…

— Tu sais pas tenir deux choses ensemble ?

— Si !

— Bon, bah alors, tiens-moi ça !

Il désignait les murs. Elle ouvrit la bouche, prête à s'offusquer, puis s'arrêta. C'était la première fois qu'elle le voyait s'énerver. Elle maintint l'ensemble en silence. Mais qu'il ne lui fasse pas une autre remarque ou elle lâchait tout ! Il en profita pour placer le toit sur le dessus.

— Pousse-toi ! ordonna-t-il alors qu'il voulait fixer une encoche au niveau de ses mains.

Elle lui jeta un regard noir et s'éloigna d'un bon mètre, les bras croisés sur sa poitrine. Pour qui se prenait-il ? Les petites amies, même les vraies, ne se laissent pas parler ainsi, décida-t-elle.

— Vu comment tu me parles, tu vas te débrouiller tout seul !

— Quoi ? répondit-il, son attention toujours rivée sur l'établi.

— Je ne t'aide plus ! Tu me cries dessus.

Il leva un instant la tête, la mine interloquée.

— Quoi ? J'ai fait ça ?

Il ne s'en rendait même pas compte. Ce mec était totalement fêlé, un bisounours qui se transforme en tyran quand il monte un jouet.

Chuck

Il avait fini ! Il avait monté une maison de poupée, une voiture, un poupon et une peluche. Il leva le nez de l'établi pour découvrir que Jess était derrière lui en train de l'observer d'un regard noir.

Il s'aperçut que Raf et Liz n'avaient pas terminé ! Un petit rictus satisfait lui échappa. Il jeta un coup d'œil nerveux dans la direction de Jess. Peut-être qu'il avait été un poil désagréable au cours du montage… Une part de lui devenait autoritaire lorsqu'il était concentré.

Alors qu'il allait s'approcher d'elle pour lui présenter des excuses, Azur surgit entre eux.

— Ce n'est pas terminé ! Vous devez aussi emballer les jouets ! Il faudrait que Madame participe ! C'est un travail d'équipe !

La voix du lutin n'autorisait pas la moindre protestation et Jess le rejoignit, fermée. Il essaya de lui transmettre ses excuses par le regard, mais elle détourna le visage. Ce n'était pas gagné…

— Tu n'as pas intérêt à me parler comme tout à l'heure ! le prévint-elle d'une voix basse. Sinon, je quitte l'usine et tu auras tout perdu !

Il déglutit. Il n'avait pas été si désagréable que ça, si ?

— Je vais faire des efforts, promit-il. On le fait ensemble ?

Elle haussa les épaules.

— Tant que tu ne me cries pas dessus.

Qu'est-ce qu'elle était rancunière, quand même !

Il déroula le papier cadeau et en donna une partie à Jess.

— Tu veux t'occuper de quoi ?

Elle étudia un instant les différents jouets posés sur l'établi.

— La maison !

Il la lui donna, conscient qu'elle avait choisi le plus simple. En même temps, tout le monde n'avait pas son expérience en emballage de jouets.

Alors qu'elle plaçait son papier, il se mordit les lèvres, retenant un commentaire. Elle s'y prenait extrêmement mal, mais s'il lui donnait un conseil, elle allait encore se vexer… Il se focalisa sur ce qu'il avait à faire.

Quand il eut préparé ses trois paquets, Jess achevait tout juste le sien. Enfin, ce qui y ressemblait. Le papier était de travers, le scotch débordait de partout. Il tritura sa barbe sous le regard empli de défi qu'elle lui jetait. Il ne valait mieux pas dire quoi que ce soit s'il voulait qu'elle reste.

Jess

Jess sentait le regard de Chuck sur son paquet bancal. Il n'avait pas intérêt à dire quoi que ce soit ! Elle lui en voulait toujours pour la manière dont il s'était comporté. Azur s'approcha d'eux :

— Très bien ! Nous avons fini pour l'instant. Nous nous retrouverons ce soir pour dîner, annonça-t-il.

Raf et Liz étaient encore occupés avec l'emballage de leurs cadeaux, extrêmement concentrés.

— On visite le village ?

Elle poussa un soupir intérieur. Elle n'allait pas pouvoir refuser deux jours de suite.

— OK…

Elle s'efforça de transmettre le peu d'entrain qu'elle ressentait, mais Chuck semblait en avoir pour deux, sautillant déjà sur place. Pire qu'un gamin !

— Viens, on va prendre un truc à boire !

Il la tira par la main vers un kiosque typique des marchés de Noël.

— Tu veux un chocolat ? Ou tu préfères un vin chaud ?

— Je ne bois pas d'alcool ! déclara-t-elle. Va pour le chocolat. Sans chantilly ! le menaça-t-elle.

Il prit une mine déconfite.

— Mais…

— Tu y réfléchiras la prochaine fois que tu me crieras dessus !

Il fit la moue et commanda leurs boissons. Elle avait l'impression de disputer un gamin en le privant de bonbons.

Les chocolats au creux de leurs mains gantées, ils déambulaient dans les allées du village. Chuck poussait régulièrement des petits cris enthousiastes auxquels elle s'efforçait de ne pas répondre. Pourtant, elle se sentait gagnée par l'ambiance chaleureuse qui régnait.

— Oh ! Regarde comme c'est beau !

Ils étaient devant un immense sapin recouvert de minuscules étoiles lumineuses. Elle hocha la tête en silence.

— Non ! Tu ne peux pas ne pas réagir face à ça !

Elle haussa les épaules.

— Je vois pas l'intérêt de dépenser autant d'argent dans tout ça !

Elle engloba les alentours d'un geste de la main.

— Faire rêver les gens ! Ça te fait pas rêver ?

— Pas vraiment, dit-elle. Je suis trop vieille pour ça !

— Il y a pas d'âge pour rêver !

— Eh bien, peut-être qu'il aurait fallu me faire rêver avant pour que je le puisse maintenant…

— Peut-être… Mais je vais tout faire pour y arriver !

Et, il la traîna devant une vitrine décorée de jouets animés. Un sourire naquit sur les lèvres de Jess.

Chuck

Ils étaient tous réunis autour d'un repas digne d'un banquet. Des mets typiques ornaient la table pour le plus grand plaisir de Chuck : dinde rôtie, purée de pommes de terre, sauce aux marrons... Il y avait de quoi donner le tournis. Cela lui rappelait les délicieux réveillons qu'il célébrait au sein de sa famille. À ses côtés, Jess semblait perdue dans ses pensées, nullement touchée. Il attrapa sa main et lui lança un petit sourire timide auquel elle répondit, cessant de ronger ses ongles. Le père Noël se mit debout et fit tinter son couteau contre son verre.

— Je suis très content d'être avec vous et de voir qu'il y a encore des gens qui veulent faire prospérer l'esprit de Noël. Aujourd'hui, vous avez pu observer les coulisses de l'atelier. Demain, je vous présenterai une des tâches les plus importantes de notre métier : rencontrer les enfants.

L'excitation monta dans la poitrine de Chuck. C'était exactement pour ça qu'il avait envie de devenir le nouveau père Noël ! Pour faire rêver des enfants comme lui on l'avait fait rêver.

Il se demanda un instant si l'homme au manteau rouge bordé de fourrure blanche se rappelait le petit garçon qu'il était venu consoler à l'hôpital un 24 décembre.

Il se tourna vers sa compagne. Ses jolis yeux bleus affichaient un air contrarié. À tous les coups, elle détestait les gamins...

— Vous allez voir, ils vont beaucoup vous parler de cadeaux, prévint la mère Noël. Mais, ce qu'ils souhaitent avant tout, c'est parler au père Noël, reprendre espoir. Nous nous focalisons surtout sur les enfants qui vivent des situations difficiles et qui nous envoient des courriers. Pour eux, vous verrez, le cadeau n'a pas besoin d'une valeur matérielle.

— Même pour nous, ce n'est pas l'essentiel… commenta son mari en la couvant d'un regard amoureux. Le plus beau cadeau que j'aie reçu est le pull et les chaussettes que tu avais tricotés pour moi avant de venir ici !

Elle lui répondit par un grand sourire.

— Et vous, comment vous êtes-vous rencontrés ? demanda Noëlle à la cantonade.

Jess

Jess se raidit. Chuck avait dû lui parler de ça dans l'avion, mais elle n'avait rien retenu de cette conversation. Heureusement, Raf répondit d'abord :

— Nous étions déjà amis depuis longtemps quand on a découvert qu'il y avait un peu plus entre nous.

Liz ajouta :

— Nous étions meilleurs amis avant d'être amoureux. On se connaît tellement bien !

— C'est beau, commenta Chuck. Nous, on s'est rencontrés à la patinoire.

À la patinoire ? Mais qu'est-ce qu'il avait inventé comme histoire ? Elle ne risquait pas de monter sur des patins à glace, elle tomberait au bout de deux minutes. Elle espéra que personne ne lirait sur son visage qu'elle n'était pas convaincue.

— À la patinoire ? s'étonna Liz.

Chuck hocha vigoureusement la tête.

— À la patinoire ! Exactement ! J'y étais avec des amis quand elle m'est tombée dessus. Littéralement !

Jess esquissa une grimace. Il s'attendait sûrement à ce qu'elle évoque leur « rencontre ». Vu qu'elle n'ajoutait rien, il reprit :

— Enfin, bref, je l'ai rattrapée. Elle s'est excusée. Et ça a été le coup de foudre. On aurait dit un ange tombé du ciel.

Jess se tendit à ces mots, le visage crispé. Chuck lui donna un petit coup de pied sous la table.

— Oui… Je suis si maladroite ! Heureusement qu'il était là, je ne savais pas m'arrêter…

— Tellement romantique ! s'enthousiasma Liz. Et, du coup, tu lui as appris à faire du patin après ?

Alors qu'il allait répondre, Jess le coupa :

— Absolument pas ! J'ai décidé de ne plus jamais approcher ces engins de malheur !

Le silence s'abattit sur la tablée. Elle y était peut-être allée un peu fort.

Heureusement, le dessert fut apporté. Elle retint une grimace. Des profiteroles recouvertes de crème fouettée !

Chuck

Jess semblait tellement véhémente à propos du patin à glace. Il avait trouvé cela si romantique ! Il était fier de son scénario… Elle aurait pu lui dire ce qu'elle en pensait quand il le lui avait présenté.

Il passa une main dans sa barbe et décida de se concentrer sur les magnifiques profiteroles qui venaient d'apparaître. Il se tourna vers sa fausse petite amie.

— Je peux manger ta chantilly ?

— Avec grand plaisir !

Et elle lui transféra la crème sucrée à souhait dans son assiette. Les convives ricanèrent un peu, se moquant sûrement de son enthousiasme, mais il n'en avait rien à faire. *La chantilly, c'est la vie !*

— Et sinon, mis à part la crème pour Chuck, vous avez des passions ? demanda Noëlle.

Liz et Raf se jetèrent un regard complice et répondirent :

— Les cadeaux ! dit Liz.

— Offrir des cadeaux ! Rendre les gens heureux, compléta son mari.

Chuck trouva ça un peu exagéré de leur part. Ils en rajoutaient beaucoup pour se vendre. Lui aussi pouvait le faire.

— Moi, en plus de la chantilly, j'aime aider les autres, déclara-t-il.

— Et vous, Jess ?

— Euh… Je me passionne pour le droit.

Le père Noël commenta avec un sourire bienveillant :

— Vous avez donc la même passion !

Le dîner se termina dans le calme. Quand ils arrivèrent dans leur chambre, Jess explosa en ronchonnant :

— C'était quoi cette histoire de patinoire ?

— On en avait parlé dans l'avion. C'est pas à toi d'être en colère, je pense… mais plutôt à moi. Je te paie pour faire semblant d'être avec moi et tu ne te souviens même pas de notre rencontre !

— J'avais oublié…

— Eh bien, fais un effort ! Et arrête un peu de faire la tronche ! On dirait que t'as un citron dans la bouche à longueur de journée ! Je te préviens : demain, avec les enfants, souris !

C'était rare qu'on le mette en colère ainsi, mais autant de mauvaise foi, c'était éreintant !

Jess

Un citron ! Mais il se foutait d'elle ! Elle ne sut même pas quoi répondre, attrapa son manteau qu'elle venait de poser sur une chaise et ressortit du chalet en claquant la porte. Qu'il aille se faire cuire un œuf ! Elle avait envie d'être seule.

Après qu'elle eut marché quelques mètres, le froid glacial envahit ses poumons et son énervement diminua grandement. Elle prit son téléphone et composa le numéro de sa meilleure amie. Elle avait besoin de se confier.

— Ça va ? Tout va bien au village du père Noël ?

Zoé avait décroché dans la minute et avait la voix de la copine inquiète de savoir son amie à l'autre bout du monde.

— Oui… ça va, je ne comprends toujours pas comment j'ai fini là.

— Il me semble que c'est pour gagner de l'argent facilement et enfin te payer des cours de droit…

— Je veux dire dans un plan aussi foireux à jouer les couples amoureux pour devenir le couple de Noël !

— Ah, ça ! Une opportunité en or, tu veux dire !

— Il veut vraiment devenir père Noël, il y croit ! C'est dingue !

— Je sais que pour toi, Noël n'a pas été des soirées sympas ! Mais en général, les gens aiment l'esprit des fêtes. Ton Chuck doit adorer, pour te payer pour avoir le job. Vous avez des chances de l'obtenir ?

— Je sais pas… Il y a un autre couple sélectionné. Pour l'instant, on assiste à des sortes de cours. Et après, ils feront leur choix.

Soudain, Jess se figea. Elle avait cru entendre du bruit dans son dos. Elle se retourna. Personne. Pourtant, elle aurait juré que… Là ! Des traces de pas qui s'arrêtaient derrière un chalet. Ses ongles se dirigèrent automatiquement vers sa bouche, espérant que personne n'avait entendu sa conversation.

— Jess, t'es toujours là ?

— Oui, oui… Désolée, j'ai cru entendre quelqu'un. Je vais te laisser, je gèle sur place.

Lorsqu'elle revint au chalet, elle reprit sa tête de fille qui a avalé un citron, n'adressa pas la parole à Chuck et se coucha rapidement dans son coin de lit.

Chuck

Chuck plaça sa veste de costume avec soin. Aujourd'hui, il devait prendre le rôle du père Noël pour rendre visite à des enfants malades qui devaient rester à l'hôpital. À moins d'un mois du réveillon, ils l'attendaient avec impatience. La mission revêtait un caractère particulier pour lui, l'émotion l'étreignait.

Dans la salle de bains, Jess était en train de s'affairer. Elle devait enfiler sa tenue. Depuis qu'elle était rentrée après son éclat de la veille, elle avait été extrêmement silencieuse, lui ayant à peine dit bonjour le matin. Il espéra qu'elle se dériderait lorsqu'ils seraient avec les enfants. Les pauvres ! Elle risquait de leur faire peur. Elle sortit justement de la pièce.

— Je suis prête…

Sa voix était hésitante, mais elle releva le menton d'un air de défi. Il resta bouche bée.

— Euh… Je crois que t'as oublié une partie du costume !

— Quoi ?

La veste rouge et blanche qu'elle portait était extrêmement décolletée et il pouvait voir le noir de son soutien-gorge dépasser. Un peu trop sexy pour une visite à l'hôpital… Il n'y aurait eu que lui, il n'aurait rien dit…

— T'as fini de te rincer l'œil ? lança-t-elle avant de reprendre. Je t'assure que je n'ai rien trouvé d'autre. Il n'y avait que ça.

Ce n'était pas possible. Noëlle n'avait pas cette allure, il s'en serait souvenu ! Alors qu'il attrapait le bonnet qui devait compléter son costume, il tomba sur un pull blanc à col roulé. Oups ! Il le tendit à Jess.

— Je crois que c'est ce qui manque.

— Je suis sûr que tu l'as fait exprès pour me mater !

Elle s'enferma de nouveau après lui avoir pris le vêtement des mains. Il pensait pourtant avoir fait ses preuves en tant qu'honnête homme…

Pendant le trajet en taxi, elle bouda, les lèvres pincées, refusant de lui parler. Il n'insista pas énormément, mais, au moment de sortir de la voiture, il lui rappela :

— Fais un effort, veux-tu ! Les pauvres enfants n'ont rien fait !

Jess

Les pauvres enfants… Il y allait fort avec la culpabilisation. Ils n'étaient pas docteurs non plus ! Ils venaient simplement les distraire. Chuck portait son costume avec aisance, comme s'il endossait régulièrement une tenue aussi ridicule. La perruque et la barbe blanche recouvraient entièrement ses cheveux et la sienne d'un brun foncé, faisant ressortir ses yeux d'un noisette pétillant.

Arrivée dans le service, elle laissa sa mauvaise humeur à la porte. Les enfants n'y pouvaient rien si Chuck avait pris son pull et si elle détestait les fêtes de fin d'année.

— HO, HO, HO ! s'exclama l'apprenti papa Noël en entrant dans une pièce où une troupe de mômes au crâne chauve les attendait.

Instinctivement, Jess eut envie de reculer devant leurs mines pleines d'espoir.

— Bonjour les enfants ! les salua Chuck avec un grand signe de la main.

— Bonjour ! parvint-elle à l'imiter, une boule dans la gorge.

— Bonjour père Noël ! Bonjour mère Noël ! répondirent des voix fluettes.

— Alors, je suis venu vous voir pour mener une petite enquête… Qu'est-ce que vous voulez pour Noël ?

— Une voiture télécommandée, lança un bonhomme d'un ton assuré.

— Une console vidéo, dit un autre.

Puis, ce fut une véritable foire d'empoigne, les enfants criant à qui mieux mieux.

Chuck leva les mains pour leur faire signe de s'apaiser.

— Chacun votre tour, s'il vous plaît. Toi, là-bas.

Il désignait une fillette au fond.

— Moi, je voudrais rentrer chez moi !

Jess déglutit. Comment allait-il répondre à ça ?

— Malheureusement, pour ça, je ne peux rien faire ! Mais, je vais vous raconter l'histoire d'un petit garçon qui devait séjourner à l'hôpital longtemps, comme vous. Il était très triste d'être tout seul pour le réveillon. Ses parents devaient aussi s'occuper de ses frères et sœurs… Et dans la nuit de Noël, je suis allé dans sa chambre et lui ai offert un ours en peluche blanc. Il n'avait pas pu m'envoyer sa commande. Il a été très heureux ! Il m'a dit que le plus beau cadeau, c'était que je sois venu le voir pendant qu'il était seul. Alors, c'est vrai ! Je ne peux pas vous guérir. J'adorerais ! Mais je ne peux pas… Par contre, je peux vous rendre visite la nuit de Noël pour que vous ne soyez pas seuls. Ça vous tente ?

Des cris de joie emplirent la pièce.

Chuck

Jess applaudit avec les enfants, semblant gagnée par son discours. Elle sortit même un crayon et se mit à noter les commandes.

Lorsqu'ils quittèrent la pièce, ils échangèrent un sourire. La joie qu'ils avaient répandue avait enfin réussi à dérider sa compagne. Dans le taxi, elle lui demanda :

— C'est toi ? Le petit garçon qui a vu le père Noël à l'hôpital.

Il hocha la tête.

— Je t'ai déjà dit que je suis allergique aux kiwis ?

Elle acquiesça.

— Eh bien, quand on l'a su, j'en avais mangé deux à la cantine. Ça me picotait la bouche, mais je me suis pas inquiété. Et après, je ne me souviens plus de rien. Je me suis retrouvé dans un camion de pompiers pour choc anaphylactique. Ils m'avaient fait une piqure.

Il haussa les épaules.

— J'en ai rajouté un peu pour les enfants. Je ne suis pas resté plus de deux semaines, juste le temps qu'on me fasse une batterie de tests. Mais j'ai bien passé le réveillon à l'hôpital ! Et le père Noël est vraiment venu m'offrir un nounours. Un bel ours blanc tout doux avec une écharpe rouge.

— Tu as l'air de beaucoup l'aimer…

— Je l'adorais ! Surtout pour sa valeur symbolique. Mais un de mes frères jaloux l'a jeté à la poubelle en douce.

— Je suis désolée… Tu as dû être triste. Je comprends mieux pourquoi tu crois si fort en Noël… murmura-t-elle.

Il prit sa main et la serra. Ses Noëls à elle n'avaient pas dû être bien gais pour qu'elle déteste autant cette période.

— Et toi ? Pourquoi tu n'aimes pas ? Tu n'es pas obligée de me répondre, hein ! ajouta-t-il devant ses sourcils froncés.

Il sentait la tension dans ses doigts. Elle hésita, puis murmura :

— Disons que mes parents ont tout fait pour détruire Noël chez moi. Et que le père Noël n'est pas venu me sauver…

— Je suis désolé… Peut-être que nous pourrons éviter ça quand nous serons le couple de Noël !

Elle opina doucement de la tête.

— Tu n'as jamais essayé de fêter Noël sans tes parents ?

— Une fois… J'en ai eu envie. Mon ex-petit ami a tout gâché…

Il souffla. Elle n'avait vraiment pas eu de chance dans la vie.

— Tu vas voir ! Cette année, ce sera magique ! promit-il.

Elle esquissa un sourire.

— Peut-être…

Jess

Le lendemain matin, Jess se réveilla encore une fois avant Chuck. Elle en profita pour sortir ses livres de droit et étudier avec attention. Elle s'immergea dans son travail, éclairée par la lumière tamisée de la lampe de bureau.

Elle sursauta quand une main se posa sur son épaule. Elle tomba sur un Chuck entièrement habillé, un plateau à ses côtés.

— Désolé, je voulais pas te faire peur. J'ai vu que tu étais concentrée et je suis allé te chercher un petit déjeuner.

Un sourire naquit sur les lèvres de la jeune femme quand elle aperçut une tasse de café noir qui accompagnait un chocolat chaud dégoulinant de crème chantilly.

— Merci, c'est gentil.

Elle pouvait faire une tonne de reproches à ce type, mais clairement, il ne manquait pas de générosité. Jess poussa ses livres sur le côté. Chuck en profita pour installer le plateau sur le bureau.

— Quoi de prévu aujourd'hui ? demanda-t-elle pour faire la conversation.

Il lui lança un sourire éclatant.

— On va visiter les renneries !

Jess avala une gorgée de café de travers.

— Les renneries ? Ce mot n'existe pas.

— Bien sûr que si ! C'est Azur qui me l'a dit.

Jess secoua la tête.

— Ce lutin l'a inventé.

— Peut-être. Mais « les écuries pour rennes », c'est plus long et c'est moins classe, argumenta Chuck avant de plonger dans son mug.

Cet homme était pire qu'un enfant, songea-t-elle. Lorsqu'il releva son visage, Jess éclata de rire. Les yeux arrondis, il la scruta.

— Bah quoi ?

— T'as encore de la chantilly partout.

Jess s'approcha de lui et essuya la crème avec une serviette en papier.

— Voilà, c'est mieux.

Elle sentit le regard noisette de son compagnon peser sur elle.

— Qu'est-ce qu'il y a ? Moi aussi, j'ai quelque chose sur le visage ?

— Non. C'est juste que t'es belle quand tu rigoles, se justifia Chuck.

Les joues de Jess la brûlèrent et elle se réfugia derrière son café.

Chuck

Finalement, elle camouflait ses émotions derrière un caractère de cochon. Quand elle souriait, tout son visage s'illuminait, ses yeux bleus pétillaient. Chuck eut envie de capturer cet instant. Lorsqu'il sortit son téléphone de sa poche, Jess grimaça.

— Je peux savoir ce que tu fais ?

— Bah... je voulais te prendre en photo. T'étais tellement jolie !

Elle croisa ses bras devant elle.

— Parce que le reste du temps, je suis pas jolie ?

Chuck ébouriffa ses cheveux d'un geste nerveux.

— C'est pas ce que je voulais dire... Juste, d'habitude, tu as toujours cette lueur triste dans les yeux que tu essaies de cacher par de la colère...

Jess se leva de sa chaise et s'empressa de ramasser les déchets sur le bureau.

— Je savais pas que t'étais psy... marmonna-t-elle.

Chuck finit son chocolat, trop conscient qu'il faudrait du temps à la jeune femme pour s'ouvrir davantage. Avec elle, quand on avançait d'un pas, on en reculait de trois juste après.

— Habille-toi chaudement, on va être à l'extérieur toute la journée.

Jess ne répondit pas et enfila plusieurs pulls sous sa légère doudoune.

— Tu n'as pas un manteau plus épais ? Tu vas tomber malade avec ça.

— J'ai rien d'autre. J'ai mis plusieurs couches. J'avais pas prévu de travailler en Laponie…

Chuck tressaillit. Il oubliait parfois que, pour elle, ce n'était rien qu'un job.

— Tu peux pas continuer comme ça. Viens.

Il la tira par la main.

— Qu'est-ce qui te prend ?

— On va commencer par t'acheter une doudoune adaptée. J'ai repéré un stand l'autre jour.

Jess retira sa main.

— Non, c'est bon. J'en ai pas besoin.

Les yeux de Chuck s'écarquillèrent. Bien sûr qu'elle le nécessitait ! Les températures descendaient parfois jusqu'à moins dix degrés. Il mordilla sa lèvre. Elle craignait peut-être le prix.

— Tu en as besoin ! Je vais te la payer, ce sont des dépenses liées à ton travail.

Jess grimaça, ouvrit la bouche, puis la referma. Il en profita pour saisir de nouveau sa main.

— Allez, trêve de bavardages ! Sinon, on sera en retard.

Jess

Quand Chuck l'entraîna à l'extérieur, une douce chaleur envahit la poitrine de Jess. Depuis quand quelqu'un se souciait de si elle était assez couverte ? Mis à part Zoé, elle ne pouvait compter que sur elle-même.

Pour la première fois, l'ambiance du village de Noël lui parut vraiment magique, sa main toujours glissée dans celle de Chuck. Il s'arrêta devant un stand de doudounes. Une sorte de lutin les accueillit.

— Bah alors, M'sieur-dame ? Qu'est-ce que je peux faire pour vous ?

— Un manteau pour la dame, le plus épais que vous ayez, demanda Chuck.

Vraiment, il ne faisait jamais les choses à moitié. Le vendeur farfouilla dans ses penderies avant de brandir trois vêtements : un noir, un bleu et un rouge.

— Le rouge, s'il vous plaît, s'empressa de dire Chuck.

Jess mordilla sa lèvre et retint un commentaire. Elle aurait largement préféré le noir, beaucoup plus discret. Son compagnon lui donna un coup de coude.

— Allez, ce sera parfait pour la future mère Noël !

Il lui tendit le vêtement pour qu'elle l'enfile. Aussitôt, elle eut l'impression que la température de l'air se réchauffait de plusieurs degrés.

Chuck recula pour l'étudier.

— Pile à ta taille ! On le prend.

Juste avant qu'il ne retire l'étiquette, Jess aperçut le prix. Elle faillit ôter la doudoune. Près d'une semaine de travail en tant que serveuse.

Le grand brun dut se rendre compte de sa gêne, car il commenta :

— Ne dis rien… C'est purement intéressé de ma part ; si tu tombes malade, je n'obtiendrai jamais le poste !

Un sourire malicieux habillait ses lèvres roses et révélait des dents blanches parfaitement alignées. Elle le trouva subitement beau. Les joues empourprées, elle balbutia :

— Merci… euh… C'est gentil, quand même…

Chuck haussa les épaules.

— De rien. Dépêche-toi maintenant, on va finir par être en retard.

Chuck

Secrètement ravi, Chuck entraîna Jess à sa suite au milieu des stands du marché. Emmitouflée dans son nouveau manteau, elle avait les joues de la même couleur. Et elle n'avait pas râlé ! Finalement, quand on savait comment lui parler, elle n'était pas désagréable.

Quand ils arrivèrent devant les renneries — eh oui, quoi qu'en dise Jess, c'était bien un mot —, les lutins et l'autre couple les attendaient déjà. Rafaël et Liz les scrutèrent, le visage fermé. Chuck les salua d'un grand geste auquel ils répondirent du bout des lèvres. Ils étaient vraiment particuliers. Une fois, ils semblaient super chaleureux et la fois d'après, glaciaux.

Azur remarqua en étudiant Jess :

— Je vois que vous vous êtes équipée pour la visite. Vous avez raison, il fait froid, ici. Suivez-moi !

Derrière deux portes battantes, ils pénétrèrent dans une sorte d'écurie. Des rennes étaient installés dans huit box séparés, chacun avec une pancarte gravée de leur nom : *Tornade, Danseuse, Fringant, Furie, Comète, Cupidon, Tonnerre et Éclair*. Un sourire se dessina sur les lèvres de Chuck. Ils existaient eux aussi. Les rennes mythiques de Noël. Soudain, il eut un doute.

— Il n'y a pas Rudolf ? s'enquit-il.

Jess le regarda, les yeux écarquillés. Clairement, elle ne devait pas connaître les rennes ni même croire qu'ils étaient capables de voler dans le ciel.

— Venez là, les appela Azur. Rudolf est ici, avec sa mère.

Dans la stalle de Danseuse, un faon au pelage roux et au nez rouge se tenait à côté d'un renne aux bois imposants.

— T'as vu ? ne put s'empêcher de souffler Chuck à Jess. Il a le nez rouge comme dans les histoires.

Il s'attendait à recevoir une remarque désagréable, mais la jeune femme semblait captivée par les animaux. Elle ne l'avait même pas entendu.

— Danseuse est en général un renne assez docile. Mais depuis qu'elle a son petit, elle a du mal à se laisser approcher. Je vais vous présenter les autres.

Azur les guida près des box suivants.

— Tornade est la plus rapide. Fringant, le plus beau. Tonnerre, le plus fort. Furie, le plus puissant et le moins sociable.

Pour manifester son mécontentement, le renne renâcla et donna un violent coup dans la porte.

— Oh ! Il est vexé, commenta Jess avant de minauder. Voyons, ne l'écoute pas, il ne t'apprécie pas à ta juste valeur.

Elle s'avança vers lui avant même que Chuck ne puisse la retenir et caressa l'animal au-dessus des naseaux. Celui-ci s'approcha et se blottit contre elle.

Jess

Il était si mignon, personne ne le comprenait. Et cet Azur qui le critiquait ! Il avait simplement besoin d'amour. Jess plaça ses mains autour du cou de Furie en faisant attention à ne pas toucher ses bois.

— Il ne laisse personne l'approcher d'habitude, mis à part le père Noël, s'étonna le lutin.

Jess lui lança un regard noir.

— Vous ne le comprenez pas…

Azur haussa les épaules.

— On continue la visite ?

La jeune femme jeta un coup d'œil désolé au renne.

— Je reviendrai, lui chuchota-t-elle à l'oreille.

La troupe l'observait étrangement, sauf Chuck qui arborait un grand sourire. Elle les suivit, le menton levé.

Ils s'arrêtèrent devant des traîneaux entreposés au fond des « renneries », comme dirait Chuck. Jess n'avouerait jamais que le mot lui plaisait. Les attelages ressemblaient à ceux des comédies romantiques qui foisonnent sur les écrans au moment des fêtes de fin d'année. Chuck avait un visage d'enfant dans un magasin de bonbons.

— On harnache les huit rennes ici, expliqua Azur en montrant les équipements qui pendaient sur des portants.

— Et comment vole le traîneau ? demanda Rafaël d'une voix avide.

Jess se figea, sa curiosité piquée. Allait-elle enfin découvrir que tout ceci n'était qu'une mascarade ?

Le lutin esquissa un sourire malicieux.

— Ce secret ne sera dévoilé qu'aux gagnants. Je peux juste vous dire que c'est lié à la magie de Noël. Pour l'instant, vous allez simplement apprendre comment équiper les rennes et préparer le traîneau.

Rafaël eut une moue déçue que Jess put comprendre. Seul Chuck semblait toujours aux anges.

— On commence par quoi ? demanda-t-il joyeusement.

Azur s'esclaffa, gagné par son enthousiasme.

— Vous allez vous occuper chacun d'un renne, le brosser, le nourrir… Un lutin va vous guider.

Jess sourit. Elle allait retrouver Furie.

Chuck

Le travail de la journée passa à une vitesse fulgurante. Chuck apprécia de voir Jess aussi investie. Pour la première fois, elle montrait de l'enthousiasme envers la tâche donnée. Son bon contact avec Furie se prolongea et s'étendit aux autres rennes. Lorsque les lutins les autorisèrent à partir, Chuck était fourbu, mais ravi. Jess le suivit, un sourire aux lèvres.

— On va boire un chocolat chaud ? proposa-t-il.

Quand elle hocha la tête, il sentit que leur relation avait évolué. Il glissa sa main dans la sienne. *Pour faire semblant*, se rassura-t-il. Même si ça faisait un moment qu'il n'avait pas songé à leur faux couple.

— Tu t'entends bien avec les animaux ?

Un sourire se dessina sur les lèvres de Jess. Elle hocha la tête.

— Quand j'étais petite, je voulais être vétérinaire. Plus tard, j'ai eu plus envie de me pencher vers le droit. Mais si j'échoue, je pense que j'essaierai de trouver un job avec les animaux.

— Y a pas de raison que t'échoues… Tu sembles sérieuse.

Elle haussa les épaules.

— Y a pas que ça… Il faut aussi pouvoir se payer les cours. Pour l'instant, je travaille seule, juste avec des livres.

Il jeta un coup d'œil nerveux autour d'eux, mais personne n'avait l'air de les écouter. Les gens étaient trop occupés à s'émerveiller devant les stands.

— Je t'aiderai à réaliser ton rêve, promit-il.

— C'est vrai ? demanda-t-elle, son étonnement lisible sur son visage.

Lorsqu'il acquiesça, elle l'enlaça brièvement. La tête baissée, elle expliqua :

— Jamais personne ne m'a soutenue. Enfin, sauf Zoé, ma meilleure amie.

— J'ai envie de t'aider.

Quand il vit la lueur de joie scintiller dans les yeux bleus de Jess, il sut qu'il ferait tout pour la maintenir présente.

Jess

La joie palpitait dans son cœur. Les gens qui déambulaient dans le marché avaient tous un sourire scotché aux lèvres, et que dire des enfants qui ouvraient la bouche de stupeur face aux lutins, des étoiles dans les yeux ? Elle sentait que, peu à peu, elle se laissait attendrir. Était-ce à cause de l'endroit ? Ou de Chuck ?

Ce job était finalement loin d'être le plus désagréable qu'elle ait connu ; Chuck ne demandait pas plus que ça de jouer au couple amoureux. Mis à part se tenir la main, il n'avait rien exigé d'extravagant. Et elle arrivait toujours à trouver du temps le matin pour étudier. Ce qu'elle ne parvenait jamais à faire aussi régulièrement chez elle. Il y avait pire comme moyen de gagner de l'argent.

Avec un soupir, elle réalisa que ce rythme lui manquerait quand elle rentrerait à New York.

Chuck se tourna vers elle, les sourcils froncés.

— T'en as marre, tu veux rentrer ?

Sa voix sonnait alarmée. Jess retint à grand-peine un éclat de rire.

— Non, ne t'inquiète pas. Je n'oserais pas te priver d'un chocolat chaud.

Le front du jeune homme se plissa.

— Pourquoi tu soupires, alors ?

— J'étais en train de me dire que cet endroit me manquerait après.

Il se mit à applaudir joyeusement.

— Ah, je le savais ! La magie de Noël gagne toujours et elle a atteint ton cœur de pierre.

— N'importe quoi… Ne dis pas de bêtises, sinon, pas de chocolat.

Il croisa les bras et avança sa lèvre inférieure dans une moue boudeuse. Le rose de sa bouche contrastait avec le noir de sa barbe. Un instant, elle songea à ce qu'elle ressentirait si elle l'embrassait. Est-ce que ça piquerait ?

Elle secoua la tête, sentant la peau de ses joues se colorer doucement.

— Un chocolat chaud avec une montagne de chantilly et un sans, s'il vous plaît, demanda-t-elle au lutin qui tenait le stand.

Celui-ci lui sourit, les reconnaissant.

— Ça marche, les amoureux ! Alors, tout roule ?

Jess acquiesça. Chuck décroisa les bras et répondit :

— Super ! Et ça sera encore mieux après un chocolat chaud *et* de la chantilly.

Chuck

Chuck tendit le bras pour récupérer son chocolat recouvert d'un dôme de chantilly, une cuillère plantée dedans.

— Je sais pas comment tu fais pour ingurgiter tout ça, s'étonna Jess en secouant la tête.

Il haussa les épaules. Ils avaient déjà eu cette conversation plus d'une fois.

— On se promène encore un peu ?

Il se sentait moins coupable de la faire traîner à l'extérieur maintenant qu'elle était équipée d'une doudoune de qualité.

Elle accepta d'un mouvement de tête. En même temps qu'il marchait, il dégustait sa crème sucrée. Si bien qu'il faillit rentrer dans Jess quand elle s'arrêta devant un stand.

— C'est quoi ? demanda-t-il en levant le nez de sa boisson.

C'était la première fois qu'elle montrait de la curiosité envers une boutique.

— Des marque-pages, murmura-t-elle d'une voix émerveillée.

Elle avait l'air captivée par les objets fabriqués en bois.

— T'en veux un ?

Elle se tourna vers lui, les yeux écarquillés. Puis se figea et s'esclaffa.

— Bah quoi ? J'ai rien dit de drôle….

— T'as de la chantilly partout.

Elle s'approcha de lui. Leurs visages se touchaient presque. Sa main glissa sur sa joue, puis au-dessus de sa bouche. Une odeur de vanille emplit ses narines. Chuck ferma les yeux, savourant la sensation similaire à une caresse.

Quelque chose de chaud se posa soudain sur ses lèvres. Il ouvrit les paupières pour trouver Jess collée à lui, sa bouche sur la sienne. La surprise passée, il la laissa approfondir le baiser si elle le souhaitait. Ce qu'elle fit. Sa langue rencontra la sienne dans un effleurement timide. Chuck enlaça Jess pour se rapprocher.

Finalement, elle s'écarta. Ses joues avaient une délicate couleur pourpre.

— Je… je…

Elle jeta un coup d'œil aux alentours.

— C'était pour notre couverture, expliqua-t-elle.

Chuck cacha sa déception, mais répondit tout de même :

— Pas de soucis, tu peux recommencer quand tu veux, ça ne me dérange pas.

Puis, il se reconcentra sur son chocolat chaud. Dans un silence gêné, Jess quitta le stand de marque-pages et prit la direction de leur chalet.

Jess

Jess ne cessait de se mordiller la lèvre, le goût de la chantilly toujours dessus. Qu'est-ce qui avait bien pu lui passer par la tête ? Ce n'était pas parce qu'un homme se montrait gentil avec elle qu'elle devait se jeter sur lui. Et puis, Tom aussi lui avait donné l'illusion d'être attentionné. Quelle nouille elle faisait ! Et le pauvre Chuck… Enfin, ça n'avait pas semblé lui déplaire, songea-t-elle. Il avait participé plus qu'activement à ce baiser.

Quand ils arrivèrent au chalet, le couple de Noël, le visage fermé, les attendait devant.

— Venez ! dit Noëlle d'un ton sec.

Jess jeta un petit coup d'œil à Chuck, se demandant s'il connaissait la raison de cet accueil. Il haussa les épaules. La mère Noël les mena dans le bureau, puis attaqua :

— Nous avons entendu une rumeur. D'habitude, on ne prête pas attention à ce type de chose. Cependant, je crains que celle-ci ne soit très grave. Chuck, auriez-vous payé Jess pour prétendre être en couple ?

Jess eut l'impression que le sol allait s'ouvrir sous ses pieds. Comment savaient-ils ?

Chuck avait le visage décomposé, elle lui prit la main pour le réconforter. Solennellement, il hocha la tête.

— Je… C'est vrai. Je voulais tellement tenter ma chance pour le rôle de père Noël, mais je n'avais pas de petite amie. Alors j'ai embauché Jess.

La mère Noël avait les lèvres pincées. Son mari ferma les yeux, comme accusant le choc. Jess eut envie de les secouer.

— D'accord ! Chuck a triché sur une partie. Mais seulement sur ce qui me concerne ! Il veut tellement devenir le nouveau père Noël qu'il n'a pas voulu laisser son célibat l'en empêcher ! Et puis, c'est quoi cette décision idiote de ne prendre qu'un couple pour vous remplacer ? C'est de la discrimination envers les célibataires ! Comme si, quand on est seul, on ne pouvait pas faire certaines choses ! J'ai vu Chuck à l'œuvre ces derniers jours et je vous assure que vous ne pourrez pas trouver de meilleur père Noël que lui ! C'est un homme bon qui souhaite faire rêver les enfants. Il sait leur parler, il s'y connaît en fabrication de jouets, en emballage de cadeaux... Vous ne trouverez personne qui lui arrivera à la cheville, même un couple !

Elle s'arrêta et reprit son souffle. Le couple en rouge la fixait sans un mot. L'homme arborait un discret sourire aux coins des lèvres. Chuck commenta à voix basse :

— J'aurais pas pu rêver meilleure plaidoirie ! Il faut vraiment que tu les fasses, ces études de droit !

Elle serra sa main toujours dans la sienne.

Chuck

Chuck regarda Jess en cherchant à lui transmettre toute la gratitude qu'il ressentait après son discours. C'était la première fois qu'il la voyait aussi investie dans quelque chose. Elle avait sûrement raison de vouloir devenir avocate : défendre les autres était sa vocation.

— Je vous remercie, Jess. Nous allons prendre le temps de réfléchir à ce que nous allons faire. Nous vous en ferons part au dîner, les congédia le père Noël.

Alors qu'ils sortaient du bureau, ils croisèrent Raf et Liz qui se rengorgèrent en les découvrant aussi piteux.

— Je suis sûr que c'est eux qui nous ont dénoncés ! grommela Jess.

— Comment ils auraient pu savoir ? s'étonna Chuck.

Elle regarda ses pieds, puis releva le menton avec hésitation.

— L'autre soir, quand j'étais en colère, j'ai appelé ma meilleure amie pour lui raconter. Il y a eu du bruit derrière moi à un moment… Quelqu'un a dû m'entendre… Je suis sûre que c'est un coup de leur part, ils ont l'air tellement compétiteurs !

— Tu plaisantes ?

Elle secoua la tête, la mine sérieuse. Il lui lâcha la main.

— Tu te moques de moi ! Tu les accuses eux ! Alors que c'est toi la responsable ! C'est toi qui aurais dû faire attention à ce que tu disais en public ! Je te payais pour ça ! Tu as tout ruiné ! C'est de ta faute !

Elle recula, défaite.

— Mais je n'ai pas fait exprès ! Je ne savais pas qu'il y avait quelqu'un !

Il ne répondit même pas et tourna les talons. Il marcha à pas énervés, cherchant à faire du bruit en martelant le sol, mais la neige étouffait le son. Il se retrouva rapidement à l'écart du village, devant les renneries. Il s'approcha de Tornade et caressa son pelage, le contact apaisant sa colère. Quand il partit, Furie lui jeta un regard blessé, comme s'il l'accusait de ne pas s'être occupé de lui.

Lorsque vint l'heure du dîner, il rejoignit le salon où tout le monde était déjà attablé. Dès qu'il arriva, le couple de Noël se leva.

— Nous avons pris en compte vos remarques et avons délibéré. Même s'il est vrai que Chuck fait preuve de nombreuses qualités, nous ne pouvons plus lui faire confiance après ses mensonges éhontés. Vous êtes tous les deux renvoyés, annonça le père Noël.

Jess

Jess rangeait ses livres dans un carton. Depuis qu'elle était rentrée de Laponie, elle avait décidé de faire tout ce qu'elle pouvait pour devenir avocate.

Après avoir vu tout ce que Chuck était prêt à faire pour ses rêves, elle voulait l'imiter. Elle avait repris des jobs de serveuse et, même si ça ne durait pas bien longtemps, elle progressait et gagnait tout de même quelques sous pour ses études.

Elle avait aussi accepté la proposition de sa meilleure amie de s'installer en colocation. Avant, sa fierté mal placée la poussait à refuser… Et le fiasco de son emménagement avec Tom qui n'avait rien trouvé de mieux à faire que de la jeter la veille de Noël… Mais ce ne serait pas pareil avec Zoé ! Et ça lui permettrait d'économiser un peu plus pour ses études.

Elle saisit un ours blanc en peluche, un ruban rouge noué autour du cou, et le plaça dans un carton. En le voyant dans une boutique de seconde main, elle n'avait pu s'empêcher de penser à Chuck et l'avait acheté malgré son air désuet. Par réflexe, ses ongles arrivèrent jusqu'à sa bouche ; elle hésitait toujours à l'expédier à son destinataire. Chuck lui avait envoyé une partie de son salaire, pour les jours effectués.

Honteuse d'avoir détruit son rêve, elle avait tout rendu même si elle en aurait eu bien besoin. De toute façon, on était le 24 décembre ! Trop tard ! Et ce n'était pas une vulgaire peluche qui allait réparer le rêve de Chuck ! Il devait déjà être en train de préparer un réveillon gargantuesque avec toute sa famille.

Trois coups secs retentirent à la porte. Sur la pointe des pieds, elle se dirigea lentement jusqu'à l'œil-de-bœuf afin de savoir qui c'était. Le père Noël. Sa femme. Et entre les deux : Chuck. Elle se pinça le bras. Aïe ! C'était bien réel !

Elle ouvrit et leur fit signe d'entrer, espérant qu'ils trouveraient un peu de place entre les piles de cartons.

— Qu'est-ce que vous faites là ?

— Tu pourrais dire bonjour, fit remarquer Chuck, taquin.

Elle marmonna une vague salutation.

Chuck

Le père Noël répondit :

— Nous sommes venus chercher Chuck. Nous avons besoin de lui. Avec l'épidémie de coronavirus, on a décidé de laisser la place aux jeunes dès cette année…

Il lâcha un soupir.

— Mais Raf et Liz n'étaient pas bien intentionnés. Nous l'avons découvert quand nous avons voulu qu'ils fassent voler le traîneau. Il n'a pas décollé ! Or, pour qu'il vole, il faut que les pilotes partent avec le désir d'aider les autres ! Ils avaient sûrement un objectif moins louable. Nous sommes venus en toute urgence chercher Chuck, pensant qu'il pourrait sauver Noël ! Il a accepté à condition que vous soyez avec lui…

Les ongles de Jess rejoignirent immédiatement sa bouche.

— Pourquoi ? C'est ton rêve.

Ses yeux étaient emplis d'incompréhension. Chuck passa une main dans sa barbe.

— Parce que je m'en veux de la façon dont on s'est quittés et je voudrais partager la magie de Noël avec toi ! Au moins une fois…

Un sourire timide apparut sur le visage de Jess. D'un coup, elle se retourna et lui tendit un nounours défraichi enrubanné. Il le saisit et l'étudia. Une fourrure blanche un peu jaunie et un nœud rouge. Il ressemblait à l'ours qu'il avait eu petit. Elle s'en était souvenue. Il le serra contre lui.

— Merci.

— Pour l'esprit de Noël et pour te pardonner, je crois que c'est déjà bon. Je suis désolée d'avoir tout gâché… Je vais t'aider aujourd'hui.

Elle s'approcha de lui, une odeur de vanille envahissant ses narines. Elle déposa ses lèvres sur sa joue, juste au-dessus de sa barbe. Son cœur se mit à battre la chamade. Depuis qu'ils avaient quitté la Laponie, le souvenir de leur baiser ne cessait de le hanter.

— Je suis désolé aussi… rappela-t-il.

La mère Noël tapa des mains pour les presser tandis que son mari semblait attendri par leurs retrouvailles. Noëlle les mena sur le toit de l'immeuble.

Chuck et Jess s'installèrent dans le traîneau. Il prit les rênes et échangea un regard stressé avec Jess. Pourvu que ça fonctionne ! Elle lui glissa à l'oreille :

— Si le traîneau ne s'envole pas alors que tu as réussi à me faire croire à tout ça, il le fera jamais !

Il fit une grimace. Elle s'approcha alors encore et posa ses lèvres sur les siennes dans un doux baiser qui fit naître des papillons dans son ventre.

— Aie confiance en toi, Chuck !

Il se retourna vers les rennes.

— C'est parti !

Aussitôt, ils se mirent à trottiner, puis, dès que la vitesse fut suffisante, leurs sabots décollèrent du sol et le traîneau survola la ville.

— Joyeux Noël ! murmura Jess, les yeux émerveillés, des flocons de neige tombant du ciel et scintillant dans ses cheveux.

Une véritable mère Noël !

Epilogue : Jess

Les yeux bandés, Jess sortit de la voiture les mains devant elle, craignant de tomber. Quelle mouche avait encore piqué Chuck ? Ils auraient très bien pu célébrer l'anniversaire de leur rencontre au calme au coin du feu avec un bon repas. Mais non ! Il avait voulu lui organiser une surprise. Elle avait eu beau ronchonner de sa plus belle voix, il n'avait pas cédé, trop excité par son idée.

— Je peux l'enlever ? demanda-t-elle. Je vais tomber !

— Mais non, je te tiens ! Ne t'inquiète pas, chuchota-t-il à son oreille, une main dans le creux de ses reins.

Facile à dire pour lui ! Il n'avait pas un bandeau sur les yeux… Il dut voir sa grimace, car il ajouta :

— Plus qu'une minute ! Tu te rappelles ta promesse, hein ?

Elle acquiesça. Lorsqu'elle avait perdu une partie de Monopoly, il lui avait extorqué la promesse de faire des efforts le jour de leur anniversaire, et ce quelle que soit sa surprise… Elle avait accepté à contrecœur, se demandant ce que cela pouvait bien signifier. Ils firent encore quelques pas.

— Et voilà ! s'exclama-t-il joyeusement en lui retirant le bandeau.

Les yeux écarquillés, la bouche grand ouverte, elle observa la grande étendue de glace recouverte de patineurs criant et riant. Elle jeta un regard à Chuck ; un grand sourire fendait son visage jusqu'aux oreilles, fier de son effet.

— Une patinoire ?

Sa voix s'étrangla dans sa gorge.

— Oui ! Je me suis dit que c'était l'occasion de vivre la rencontre que nous méritons.

Un soupir échappa à Jess. Elle pensait avoir été claire à propos de ce qu'elle pensait de cette rencontre fictive. Pas suffisamment, apparemment !

— Chuck, tu te rappelles que je suis maladroite ? Et que je déteste quand je me tourne en ridicule devant les autres ?

Il hocha lentement la tête.

— Oui, mais je pensais que ça te ferait plaisir… Un rendez-vous de film ! Et pas une histoire qui a démarré avec une vulgaire petite annonce…

— C'est gentil… mais je ne regrette pas la façon dont on s'est rencontrés ! répondit-elle avec un baiser sur ses lèvres. En plus, en vrai, je serais jamais venue à un rendez-vous à la patinoire, conclut-elle.

Elle était déjà tombée dans le panneau du romantisme à plein nez, gobant tous les mensonges de Tom, son ex. Finalement, la façon dont Chuck et elle s'étaient rencontrés était bien plus honnête. Il opina de la tête, faiblement, songeur. Une pensée la traversa soudain :

— Toi, tu regrettes ?

Il passa une main dans sa barbe.

— Tu me connais… J'aime le romantisme, les dîners aux chandelles, offrir des bouquets de fleurs… J'aurais bien aimé vivre une vraie rencontre de films. C'est pour ça que je n'écumais pas les sites de petites annonces… J'attendais la rencontre fortuite parfaite…

Pauvre Chuck… Parfois, elle se demandait comment ils avaient pu finir ensemble. Lui, le rêveur, et elle, très terre à terre. Elle se lova contre lui.

— Bon, je vais faire un effort… Mais c'est vraiment parce que je t'aime !

Il l'embrassa, puis s'écarta d'elle, goguenard.

— De toute façon, tu as promis de jouer le jeu ! J'ai assuré mes arrières.

Elle lui jeta un regard faussement furibond.

— Tu ruines mes efforts de romantisme !

Il leva les mains comme pour se défendre.

— Pardon, très chère.

Puis, il lui indiqua la direction du guichet avant de la tenir galamment par le bras.

— Je te préviens ! Je sais pas faire de patins du tout… Je m'y suis jamais risquée. Je galère déjà tellement avec mes propres pieds, je vois pas l'intérêt de rajouter une lame en dessous. Si je tombe, ce sera ta faute…

Chuck semblait à peine l'écouter, regardant autour de lui avec enthousiasme. Ses longues protestations n'avaient plus d'effet sur lui au bout d'un an. Il la laissait désormais s'énerver toute seule, attendant qu'elle se calme avant de parler. Et sa méthode fonctionnait. Un peu trop, même, au goût de Jess… Pourtant, la colère qui l'habitait depuis des années commençait à s'estomper. Enfin, quelqu'un l'aimait vraiment !

Elle cessa ses jérémiades et enlaça Chuck, essayant de lui transmettre tout l'amour qu'elle ressentait pour lui. Il lui jeta un regard étonné qu'elle effaça en embrassant délicatement ses lèvres. Un peu surpris par ce baiser soudain, il la fixa :

— Qu'ai-je donc fait pour mériter ça ?

Elle haussa les épaules. C'était toujours difficile pour elle d'assumer ses sentiments.

— Rien… Enfin, si, beaucoup, en fait ! Je veux dire… Tu es là pour me soutenir, me protéger, me laisser tempêter…

— Pour t'aimer, tu veux dire ?

— Oui, c'est ça… Je crois…

— Tu es tellement mignonne, ma chérie ! En tout cas, tu vas faire du patin avec moi ! Promis, si ça se passe mal, on s'arrête…

Elle déglutit difficilement. Sa maladresse lui avait causé beaucoup de problèmes dans son enfance, ses camarades se moquant régulièrement de ses bourdes. Même adulte, elle lui avait coûté de nombreux jobs. Du coup, au lieu de s'améliorer, cela n'avait fait que s'empirer avec le stress. Elle souffla :

— Je te fais confiance…

Les patins enfilés, elle marchait avec l'impression qu'elle allait tomber. Comment allait-elle faire sur la glace ? Son appréhension dut être visible, car Chuck l'encouragea :

— Ça va aller ! Je te lâcherai pas !

Et, d'un pas souple, il s'installa sur la patinoire, puis se retourna vers elle, main tendue dans sa direction.

— Allez, viens !

Hésitante, elle attrapa sa main, mais quand elle sentit le mouvement de ses patins, elle préféra s'accrocher à ses deux bras. Hors de question qu'elle le lâche !

— L'idée, c'est qu'on se déplace, lui susurra-t-il à l'oreille. Même si j'aime beaucoup être aussi proche de toi…

Elle soupira et se décolla légèrement.

— Comment fait-on, alors ?

Il souleva son patin et le fit glisser sur la glace, l'entraînant avec lui. Elle se crispa, attendant la chute avec appréhension, mais rien ne se passa. Chuck la tirait et elle suivait doucement. Un petit sourire naquit sur son visage.

— Tu vois, c'est pas si dur, lui assura-t-il, ravi.

Elle n'était pas encore totalement convaincue, n'ayant pas soulevé son pied d'un millimètre. Jess leva son visage vers Chuck et l'embrassa tendrement.

L'amour qu'il y avait entre eux lui donnait la force de prendre des risques. Que ce soit sur la patinoire ou dans la vie.

A propos d'Aurélie

Aurélie est une lectrice passionnée depuis toujours. Elle dévore des romans de tout genre : policier, thriller, roman contemporain, fantastique, science-fiction, romance… Ces derniers temps, elle a développé un goût particulier pour la fantasy.

Rêveuse, elle a toujours apprécié les rédactions pendant ses études, mais ce n'est que récemment qu'elle s'est réellement mise à écrire. Son roman fantasy La prophétie est sorti en août 2021. Il sera le premier d'une saga intitulée Ys.

Vous pouvez le retrouver sur *amazon* ou sur son site internet https://aureliephilippeauteur.com

Vous pouvez contacter Aurélie sur *instagram* ou *facebook : @aurelie_philippe_auteur.*

Le destin de Noël

Elisa Forest

— Non ! C'est hors de question !

Ma mère ne lève même pas les yeux vers moi. Elle continue à vider son fichu poisson.

—Myra… Nous n'allons pas avoir encore et encore cette discussion. Les oracles ont parlé, c'est ton destin.

Je lui en donnerais du destin, moi ! Qui a décidé que tout était joué d'avance, hein ? Après tout, c'est facile de se demander si la pythie annonce un avenir immuable ou si ce qu'elle dit se réalise parce que tout le monde la suit. Et ne parlons pas de la Marieuse. Comme si une vieille fille qui vit seule dans une cabane remplie de bric-à-brac pouvait réellement y comprendre quelque chose à la compatibilité amoureuse.

— Mais, Mère, c'est un fou. Tu veux vraiment que ton enfant unique épouse un dingue ?

Elle pousse un soupir. Visiblement, je l'agace. Tant mieux. On sera deux.

— Klaus n'est pas fou.

— Tu pensais autre chose la semaine dernière.

Du moins, c'était le cas avant qu'on ne lui dise qu'en me mariant avec, elle allait faire de moi une femme importante pour les siècles à venir. Pire, la Marieuse lui a soutenu que notre couple serait inscrit dans la mémoire collective de l'humanité.

Comme si la mémoire des Hommes nous concernait.

Nous ne sommes pas humains. Nous sommes des faes. À quoi bon devenir une sorte d'époux mythiques pour eux ? Je n'y vois absolument aucun intérêt.

Ma mère consent à lever les yeux vers moi. Je vois à son regard qu'elle va utiliser son atout le plus important.

— Ton père ne pourra jamais assister à ton mariage, alors le moins que je puisse faire, c'est t'offrir la meilleure des unions possibles.

Maman est douée. Très douée. Elle sait que le départ de mon père pour le Grand Tout est encore une blessure ouverte pour moi. L'arrivée prochaine de sa réincarnation ne me console pas.

De colère, je lève les bras en l'air tout en grognant. Je préfère abandonner cette conversation et tourner les talons. Sinon, elle va gagner. Et je ne veux pas qu'elle gagne.

Deux minutes plus tard, je suis dehors. Je rabats la capuche de ma cape sur mes boucles blondes. J'avance à pas rageurs. La neige crisse sous mes semelles. J'ai toujours cru que j'aurais la possibilité de faire le mariage de mon choix. Après tout, nous ne sommes pas une famille puissante. Ma mère ne possède qu'un pouvoir minime de feu. Mon père m'a légué son don avec les créatures. Sauf que, là encore, c'est loin d'être un don extraordinaire. La montagne est remplie de gens qui nous ressemblent. Tout ce dont je suis capable, c'est m'occuper des bêtes égarées et blessées qui croisent mon chemin. Ce n'est pas comme si je maîtrisais une magie rare, comme celle des illusions ou des rêves. J'aurais donc dû avoir un mariage simple, avec la personne de mon choix.

Voilà qu'on m'enlève cette possibilité.

Je m'éloigne de notre logis à grandes enjambées, grimpant la montagne qui surplombe le village. J'arrive à la bifurcation. Si je prends à droite, j'arrive dans la forêt. Là où je passe le plus clair de mon temps, avec les licornes, les griffons et parfois un ou deux centaures. Si je vais à gauche, je peux atteindre la maison de Klaus.

Je suis tentée de grimper jusqu'à son taudis pour lui faire comprendre qu'il est hors de question que je devienne son épouse. Pourtant, je me retiens. Je ne sais même pas s'il est au courant. Il vit en ermite depuis si longtemps… De plus, les oracles n'aiment pas trop s'éloigner de leur temple. Ce qui limite les possibilités de visite. De toute façon, il est tellement asocial qu'il pourrait refuser encore plus vivement que moi.

Le chant des oiseaux caresse mes oreilles. L'air frais traverse mes poumons. Je deviens alors moi-même. Au loin, le hennissement d'une licorne se fait entendre. À mes oreilles, c'est des mots. Elle m'appelle, elle a besoin de moi. J'attrape mes jupons et me mets à courir dans la direction qu'elle m'indique.

Je prends à droite. Il me suffit de passer les premiers arbres pour me sentir mieux. Je repousse ce mariage et ma mère plus loin dans mes pensées.

Je trouve la licorne rapidement. Elle m'attend. Quand je suis suffisamment proche, elle m'intime de l'accompagner. C'est ainsi que fonctionne mon don, il me permet de sentir les émotions que ressentent les créatures. Elle semble pressée, je fais mon possible pour suivre son pas. Sans sa corne qui étincelle dans la neige, je l'aurais déjà perdue de vue. Finalement, elle se stoppe, puis plie ses pattes avant pour m'inviter à grimper sur son dos. Je suis trop lente pour elle. Pourtant, je ne le prends pas mal. Les licornes sont les créatures les plus patientes au monde. Si elle veut que nous allions plus vite, c'est qu'elle a une bonne raison. L'inquiétude m'étreint le cœur. Je me dépêche de monter.

Avant de l'apercevoir, je sens sa présence. Le Cerf Blanc ne laisse aucun maître des bêtes indemne. Son aura pulse en nous. Il est la personnification même de la forêt. De la vie. Nous pouvons passer toute notre existence sans le voir. J'ai eu la chance de le rencontrer une fois, alors que j'étais une toute petite fae. Je m'étais perdue dans les bois et il m'a montré le chemin. S'il se présente une deuxième fois à moi, c'est que ce moment revêt une importance cruciale pour lui. D'autant plus s'il a envoyé la licorne me chercher.

Je le trouve au milieu d'une clairière. Allongé au sol, son corps forme un rond, sa tête se lève à mon arrivée. Son pelage blanc étincelle avec la lumière qui inonde le lieu. Ma monture se courbe à nouveau pour me permettre de descendre. Je m'approche doucement, me demandant si je peux vraiment briser la quiétude de l'endroit. Je croise le regard du Cerf. Je sens qu'il me souhaite la bienvenue. Qu'il a besoin de moi. Il rompt notre connexion et incline la tête, m'indiquant qu'il y a quelque chose contre son flanc.

Je fais le tour pour comprendre.

— Oh !

L'exclamation m'échappe quand je découvre le faon. Il semble faible, incapable d'ouvrir les yeux.

— C'est pour lui que tu m'as fait venir.

Je m'agenouille et passe ma main sur le pelage du petit. Sa respiration est difficile. Il est froid. Je relève la tête vers le Cerf. Il approche la sienne jusqu'à ce que son front se pose contre le mien. Des images se succèdent dans mon esprit : un renne qui met bas dans la souffrance, un bébé seul, le Cerf qui le récupère…

Je reste un instant sous le choc. Je tente d'intérioriser les visions qui m'ont traversée. Rares sont les créatures capables de communiquer de cette manière. Le Cerf Blanc n'est pas n'importe qui. Je me ressaisis rapidement. Le petit renne a besoin d'aide.

— Il faut le réchauffer.

C'est la première étape. Plus tard, je pourrai user de ma magie. Je me dois de faire vite. Je prends une inspiration. Je sais précisément à qui appartient la maison la plus proche.

Je retire ma cape et l'étends sur le sol. Doucement, délicatement, je soulève le faon et le dépose sur la fourrure douillette. Je l'enroule dedans avant de le soulever dans mes bras. Le Cerf se lève, son regard est sur moi. La licorne a disparu, je ne l'ai même pas vue partir.

J'ai bien plus froid maintenant que je ne porte plus mon manteau. Peu importe. Je me mets en marche, accélérant le pas. Nous sortons du couvert des arbres et le cabanon apparaît devant nous. De la fumée s'échappe de la cheminée : il est donc chez lui. J'avance vers la porte. Je me rends compte que le Cerf ne me suit plus. Je me retourne. Il est là, à la lisière de la forêt. Il n'approchera pas plus. Klaus n'est pas un maître des bêtes. L'animal m'adresse un signe de tête avant de reculer pour disparaître sous les branchages.

Je me tourne de nouveau vers la porte et lève la main pour y frapper. J'entends une chaise qui racle le sol, des pas qui se rapprochent. Le battant s'écarte pour laisser apparaître un homme. Une barbe sombre de quelques jours lui mange le visage, des yeux bleus brillent. Il pourrait être beau s'il souriait.

— Quoi ?!

Ou s'il était poli.

— Klaus. Ce jeune renne est mourant, me permets-tu d'entrer chez toi pour le réchauffer auprès du feu ?

Il s'écarte sans un mot pour me laisser passer. Aucun fae digne de ce nom ne refuserait d'aider une bête malade. Le respect et l'amour de la nature sont inscrits dans notre sang.

J'entre précipitamment et m'agenouille devant l'âtre. Je dépose mon paquet et ouvre les pans de ma cape. La respiration du faon est erratique. Mon cœur se serre. J'espère parvenir à intervenir à temps. J'appose mes mains sur lui et frictionne son petit corps. Je sens une présence s'approcher de mon dos.

— Tu as besoin de quelque chose ?

La voix de Klaus est grave, rauque, comme si sa gorge n'avait plus l'habitude d'émettre des sons.

— Tu pourrais mettre plus de bois dans le feu. Il doit se réchauffer.

Je réponds sans quitter l'animal des yeux. J'essaie de le toucher avec mon pouvoir. Je cherche son fil de vie. Il est si fin. Il devrait être plus épais et bien plus brillant. Je ne parviens même pas à voir sa couleur.

Klaus revient peu de temps après, les bras chargés de bûches. Il dispose un tas près de la cheminée et en jette deux dans les flammes.

— Je serai dans mon bureau si tu as besoin de moi.

Il tourne déjà les talons. Il n'attend pas de réponse de ma part. Ce qui me va, j'ai d'autres choses à faire. J'applique ma bouche sur le museau du faon et souffle. Je tente de lui insuffler un peu de magie tout en continuant à passer mes mains sur lui. Je sens qu'il se réchauffe. Au bout de longues minutes, sa respiration devient plus régulière. Son pouls aussi s'améliore.

Je me redresse un peu. Je ne dois pas trop mettre de mon don en lui. Je pourrais alors obtenir l'effet complètement inverse. Je regarde autour de moi. C'est la première fois que j'entre chez Klaus. J'ai toujours vu sa maison de loin, sans jamais m'en approcher. À ma grande surprise, l'intérieur est plutôt douillet. Un canapé moelleux se tient dans mon dos, une cuisine ouverte au fond, une table en noyer entre les deux. Plusieurs livres jonchent les meubles, malgré une bibliothèque bien remplie. J'écarquille les yeux en découvrant d'autres objets étranges. Des jouets mangent une bonne partie du sofa. Des poupées de chiffon, des pantins de bois. D'où je suis, j'entends d'ailleurs qu'il travaille le bois. Curieuse, je me lève alors.

— Que fais-tu là ?

Son ton bourru me stoppe à la porte de son bureau. J'ai un tas d'adjectifs qui me viennent à l'esprit pour le décrire. La Marieuse n'aimerait aucun d'entre eux. Le plus gentil est « grincheux ». Ce qui annonce la couleur.

— Je ne peux pas lui donner trop de mon pouvoir.

Il est penché sur son établi. Il n'a même pas redressé la tête à mon approche. Je ne mérite pas une œillade. Et je devrais épouser ce type ? Les oracles ont dû abuser de l'alcool avant de faire leur prédiction.

— Pas une raison pour venir me déranger.

Pour toute réponse, je hausse un sourcil. De toute façon, il ne me regarde pas. Je pourrais bien tirer la langue qu'il ne s'en rendrait pas compte. Pour la peine, je lui adresse une grimace. Je reprends vite mon sérieux alors qu'il se redresse. Mais ce n'est qu'une fausse alerte, il fait juste craquer ses vertèbres.

— Je risque de devoir rester la nuit auprès du faon. Pour continuer à lui insuffler un peu de magie. Désolée de te déranger.

Il finit par lever son regard azur vers moi. J'ai l'impression que ses yeux peuvent me transpercer.

— Emmène-le chez toi.

Est-il capable de faire de longues phrases ? J'ai un doute.

— Le déplacer serait trop dangereux, expliqué-je. Il ne tiendrait pas la route. Surtout pas avec le froid qu'il fait.

Il émet un drôle de bruit. Entre le grognement et le soupir.

— Reste pas dans mes pattes, dans ce cas.

Il faut admettre une chose : il ne me chasse pas.

— Tu fais quoi ?

Je tente de zieuter par-dessus son épaule. Il attrape un chiffon et recouvre son ouvrage.

— Rien qui ne te regarde.

— Un autre jouet ? Comme ceux qui sont sur le canapé ?

Ses yeux parlent pour lui. S'il pouvait me foudroyer, là, tout de suite, il le ferait certainement.

— Si tu le souhaites, je pourrai cuisiner. Pour te remercier de ton hospitalité.

J'espère qu'il sent bien l'ironie dans mes paroles.

— Si tu veux, marmonne-t-il.

Je ne l'intéresse déjà plus. Il se concentre sur ses outils, les rangeant et les nettoyant. Je retourne auprès du faon.

J'ai le plaisir de découvrir le petit paisiblement endormi. Je sais que la nuit s'annonce longue. J'espère que ce malpoli a du café. Je me dirige vers le coin cuisine. Son garde-manger est relativement vide : quelques patates, un peu de viande séchée. Je vais devoir faire avec. Je trouve sa marmite dans un placard. Par la fenêtre, j'aperçois son puits. Ma cape est toujours occupée, j'en attrape alors une accrochée au portant de l'entrée. D'un rouge foncé, elle me recouvre jusqu'aux pieds. Je me surprends à respirer l'odeur de Klaus dessus. Un mélange de sapin et de bois. Il sent bien meilleur que ce qu'on pourrait penser d'un ermite.

Moins de deux minutes plus tard, je suis de retour auprès du feu. J'y suspends ma marmite et m'en vais éplucher mes pommes de terre. Quand l'eau bout, je les y jette. Je m'accroupis aux côtés du faon, lui donnant une nouvelle dose de magie. Je vois que son fil de vie s'est raffermi. Il commence à prendre un peu de couleur. Je suis d'ailleurs étonnée par le vermillon dont il se pare. Les cervidés ont un fil brun, en temps normal. Peu importe. Tant que ce petit n'aura pas ouvert les yeux, je ne le lâcherai pas. Il faut juste que je me trouve une occupation.

Klaus ne me tiendra pas compagnie. J'en ai eu la preuve. Je m'intéresse aux livres qui jonchent sa maison. Je suis étonnée par le nombre d'histoires pour enfant humain qu'il y a. Entre cela et les jouets, je ne comprends vraiment pas ce fae. Je prends un des livres en haussant les épaules. Ai-je réellement envie d'en savoir plus sur ce fiancé du destin ? Pas sûr. Je veux éviter le mariage. Et encore moins apprendre à le connaître. Qu'il garde ses secrets. Pour ma part, j'ai un protégé à veiller.

Je feuillette plusieurs ouvrages avant que le repas ne soit prêt. Je n'ai rien fait de fameux. Il ne manquerait plus que je le séduise avec de bons petits plats. Avec ça, il voudra encore moins de moi. Je dresse la table et vais à la porte de son bureau.

— Le repas est prêt.

Je l'appelle une première fois. Puis une deuxième. Je prends une profonde inspiration pour ne pas m'énerver. Le bon côté, c'est que si je n'étais pas déjà décidée à ne surtout pas l'épouser, j'aurais maintenant encore plus de raisons de ne pas le faire. Je retourne vers le faon, lui insuffle un peu de magie, puis vais à grands pas devant le bureau de Klaus.

— Le repas est prêt.

— Hum, hum.

C'est une réponse, ça ? Et puis zut ! Manger toute seule ne m'a jamais dérangée. Je m'installe donc à table avec un bouquin.

Klaus daigne se montrer une demi-heure plus tard. Je suis de retour sur le tapis à proximité du faon et de la cheminée, une pile de livres auprès de moi. Tout comme lui, je fais mine de ne pas le voir ni de l'entendre. La chaise racle le sol, une cuillère tinte sur une assiette.

— C'est froid.

Je tourne rageusement une page.

— Ce serait chaud si tu étais venu quand je te l'ai dit.

Il émet à nouveau un son étrange, entre le grognement et le soupir. Un grognepir.

Le petit gigote un peu. Je lâche mon livre et pose ma main sur lui. Je souffle de soulagement. Ce n'est qu'un cauchemar. Son fil continue de s'épaissir. Il est aussi de plus en plus rouge. C'est la première fois que j'en vois un de cette couleur.

— Il va bien ?

Je me tourne vers la voix grave de Klaus.

— Il va s'en tirer.

Il se lève et va ouvrir un placard. Il en sort une épaisse couverture de laine et un oreiller. Il pose le tout sur le canapé. Il remarque alors sa collection qui en prend toute la place. D'un ample geste des bras, il soulève les jouets et les embarque vers son bureau. Je cligne des yeux. Il vient de faire un truc gentil, là. Je ne rêve pas. J'attrape la couverture. Elle est douce et moelleuse. Je la mets sur mes jambes avec un sourire. Que je cache quand il revient.

— Le canapé n'est pas trop inconfortable pour dormir, marmonne-t-il tout en débarrassant son assiette.

La mienne est déjà en train de s'égoutter dans l'évier.

— Bonne nuit.

Il repart dans son bureau, me laissant un peu plus perplexe.

Il a raison. Je dors plutôt bien sur son canapé. Au petit matin, je suis réveillée par une belle surprise. Le faon est en train de me lécher le visage. Son fil de vie est en parfait état. Bien que teinté d'un rouge magnifique. Je m'assieds tout en le soulevant. Il trouve sa place, lové sur la couverture. Je caresse tendrement son doux pelage. Il se rendort. Il est tiré d'affaire, mais encore fatigué.

Je me lève finalement. Il n'y a aucun bruit dans la maison. Je récupère la bouilloire en fonte, déjà remplie d'eau. Klaus a dû y penser. Je la mets sur le feu, dans lequel je glisse une bûche de plus. Je me mords la lèvre inférieure, sachant que je m'apprête à faire une bêtise. C'est plus fort que moi, j'y vais quand même. Je me dirige vers le bureau et pousse la porte avec lenteur. Klaus n'est pas là. Il doit être dans sa chambre, au fond du couloir.

J'entre et m'approche de son établi. Je suis submergée par la beauté du jouet qu'il fabrique. Au premier abord, on pourrait croire qu'il ne s'agit que d'un banal animal en bois. Il suffit de se pencher pour voir qu'il est complètement articulé. Les pattes et la tête du chien peuvent bouger. Il était en train de le peindre. Il a dû arrêter pour aller dormir.

Que fabrique-t-il ? Tous ces jouets, ces livres… Aurait-il un projet secret ? Je prends la liberté de continuer à explorer. Je pourrais bien demander la permission, mais je connais déjà sa réponse. Autant m'en passer. Je fais le tour de la pièce et regarde les autres objets sur lesquels il bûche.

Je découvre un dragon qui fonctionne sur le même principe. Le travail sur les ailes est plus que minutieux. Je me demande comment d'aussi grandes mains peuvent avoir une telle précision. Il est peut-être capable de douceur…

— Qu'est-ce que tu fais là ?

Je sursaute de surprise et me retourne vers lui. Il est si impressionnant qu'il bouche entièrement la porte, mon seul moyen de fuir. Je souris timidement, espérant de cette manière qu'il ne me verra pas comme une menace.

— C'est magnifique, dis-je en pointant du doigt son travail.

— Sors d'ici.

Il entre dans la pièce, se saisit d'une vieille nappe toute trouée et la pose sur la table. J'obéis, non sans perdre mon sourire. C'est un rustre. Et c'est le mot le plus poli qui me vienne à l'esprit. « Salaud autoritaire » lui irait tout aussi bien. D'un pas rageur, je me retrouve devant la cheminée. J'attrape la théière et me brûle. Ce qui me rend encore plus furieuse. Sur le canapé, le faon lève la tête dans ma direction. Il suit mon manège du regard. Je retourne dans la cuisine pour prendre un torchon et enfin me verser ma tasse de thé. Klaus arrive finalement.

— Ne t'inquiète pas, dans dix minutes, le petit et moi, on aura disparu de ta vie.

Il pousse un nouveau grognepir. Cet homme a-t-il appris à communiquer ? J'ai un sérieux doute. Je préfère me concentrer sur ma boisson chaude.

— Tant mieux. Dis bien à la Marieuse que sa prédiction est ridicule.

J'abaisse lentement ma tasse.

— Tu sais, compris-je. Pourtant, tu as préféré te comporter comme un mufle avec moi.

Il lève un regard surpris vers moi.

— Je me suis montré gentil.

— On n'a pas la même définition.

Je finis mon infusion en une grosse gorgée qui brûle mon palais au passage. J'attrape ma cape au sol et l'enfile. Je soulève le faon, le cachant en dessous. Puis me dirige vers la porte.

— Je ne veux pas de ce mariage non plus.

Je me tourne vers lui, ma seule main libre sur la poignée. J'aimerais que ce soit la dernière fois de ma vie que je le vois. Sauf que je sais que ce n'est pas le cas. Quand les oracles ont un plan en tête, ils ne lâchent rien.

J'ouvre le battant. Le vent froid me mord le visage. Je resserre davantage le petit animal contre moi. J'hésite. Mon père aurait honte de moi si je ne lui disais pas une dernière chose.

— Merci de ton hospitalité.

J'avance vers l'extérieur et claque la porte. J'inspire profondément avant de m'enfoncer dans la neige. Je ne prends pas par la forêt, cette fois-ci. Si le faon va mieux, il n'est pas encore prêt à vivre seul. Je rentre à la maison. Maman va avoir un rapport sur la méchanceté de Klaus.

Les yeux du faon passent de ma mère à moi. Même lui ne parvient pas à suivre notre joute verbale. Une dispute qui dure depuis deux jours.

— Malgré tout, tu souhaites quand même que je l'épouse ?

— Je suis sûre que tu t'es montrée susceptible !

— Moi ?! Susceptible ? C'est le monde à l'envers !

— Tu veux renoncer à toutes ces promesses pour une nuit où il était de mauvais poil ?

Ma main percute mon front. Ma mère est folle. Il n'y a pas d'autre explication.

— On ne peut pas discuter avec toi… Je vais dans la remise.

Je sors de la maison, le faon sur les talons. C'est un bonheur de le voir sur ses pattes. Nous traversons le jardin et j'atteins le cabanon. C'est là que mon père soignait les bêtes qui débarquaient à sa porte. Et c'est maintenant la chambre de ce petit.

Je me laisse tomber sur un tas de foin et mes pensées dérivent. Si les oracles sont à moitié aussi têtues que ma mère, je vais avoir du mal à les faire changer d'avis. Le faon se pose contre moi. Sa respiration se fait lente et il s'endort. Je le suis de peu, épuisée par ma mère. Il se passe plusieurs heures avant que je n'ouvre de nouveau les paupières. Par la porte restée entrouverte, je vois qu'il fait déjà nuit. Je me frotte les yeux.

— Petit ? Tu es où ?

Pas de traces du renne. Je fronce les sourcils en me redressant. Je sors du cabanon, le cherchant du regard. Je remarque quelques empreintes de pas dans la neige. Il a pris la direction de la montagne, passant par la forêt.

— Merde.

Je me précipite dans cette direction.

J'ai croisé une licorne, un griffon et même un centaure. Aucun des trois n'a vu mon fugitif. J'avance sans savoir où je dois aller. Les traces ont fini par disparaître, sans explication. Il fait sombre et seule ma lanterne m'empêche de me prendre les pieds dans les racines. Plus je marche et plus j'approche de la maison de Klaus. Ce qui me déplaît au plus haut point. J'ai un espoir quand une lumière éclaire la nuit dans la direction opposée.

Je reste bouche bée en découvrant ce qui arrive vers moi. Nous avons des tas de créatures différentes dans notre village. Notre forêt semble être le cadre de vie idéale pour beaucoup d'entre elles. Mais tout de même pas pour des lutins ! Certes, ils aiment les bois, mais ils détestent la neige. Chez nous, elle est omniprésente. Pourtant, il s'agit bien d'une dizaine de ces petits êtres qui avancent en file indienne, tenant haut leurs lanternes.

Le premier, celui qui doit être leur chef, me salue d'un signe de la main. Je lève la mienne à mon tour, comme un automate. Je suis trop éberluée par ce spectacle pour réfléchir à ma réaction.

— Bonsoir, jolie dame.

Ils sont maintenant à mon niveau. Je savais que les lutins n'étaient pas bien grands, mais c'est la première fois que j'en rencontre. Je suis surprise de découvrir qu'ils atteignent à peine mon genou. Je me penche en avant pour lui répondre.

— Bonsoir. Que faites-vous si loin de chez vous ?

— Notre forêt a brûlé. Nous errons en quête d'un foyer.

Ils doivent marcher depuis un sacré moment. Il me semble que le village de lutins le plus proche est à plus d'une journée de route. À cheval ! Alors à pied…

— Pensez-vous pouvoir nous aider ? reprend-il, une lueur d'espoir dans le regard.

Ont-ils atterri ici attirés par la multitude de maîtres des bêtes qui traînent dans le coin ? C'est fort possible. Mais je ne sais pas du tout vers qui les diriger. Des lutins sans but, si près du village, cela pourrait se montrer très dangereux. Ces derniers deviendraient incroyablement farceurs et pourraient causer de nombreux dommages.

De plus, le faon ne quitte pas mes pensées. Il est ma priorité. Je n'ai pas le temps de m'occuper d'eux. Je me mords la lèvre inférieure et tente de réfléchir avec rapidité et efficacité.

— Je peux me renseigner pour vous, si vous le souhaitez, reprends-je prudemment. Mais je dois d'abord trouver un petit renne fugueur.

Plusieurs lutins semblent subitement s'exciter.

— Nous en avons vu un ! Il partait dans cette direction.

Ils sont au moins cinq à m'indiquer le chemin vers la maison de Klaus.

— Oh, merci ! m'exclamé-je.

Je commence à avancer, mais me stoppe quand une idée me traverse. Je me tourne vers eux.

— À deux kilomètres en suivant le sentier qui monte dans la montagne, vous trouverez une cabane. Elle est toujours vide. Vous pourrez y passer la nuit. Et demain matin, je vous y rejoindrai pour qu'on discute de ce que vous pourrez faire.

Un sourire illumine chacun de leurs visages.

Lorsque je frappe à la porte de Klaus, je me questionne sur la façon dont il va m'accueillir. Je ne tarde pas à le savoir, puisque la porte s'ouvre rapidement.

— Tu veux quoi, encore ?

— Bonsoir à toi aussi. Je suis ravie de te revoir également. Je vais bien, c'est gentil de demander. Et toi ? Comment te sens-tu ?

Seuls le silence et le vent me répondent. Je souffle.

— Le renne s'est enfui. Je pense qu'il est venu chez toi.

— Je ne l'ai pas aperçu.

Il commence à refermer la porte de sa maison. Je glisse mon pied dans l'entrebâillement pour l'empêcher de le faire.

— Des lutins l'ont vu partir vers chez toi. Il n'y aurait pas un endroit où il pourrait se cacher ?

Il fronce les sourcils.

— Des lutins ?!

Il ne me croit pas, bien évidemment. En même temps, qui me croirait ? Même moi, je prendrais mon interlocuteur pour un fou.

— Oui, des lutins. Leur village a brûlé, ils cherchent un nouveau logement.

Je débite l'explication d'une traite. Qu'il me croie ou non, ce n'est pas mon problème. Je veux juste trouver le faon. Klaus semble accepter mon histoire, mais à contrecœur. Il passe une main sur sa nuque en serrant ses lèvres. Son irritation est visible.

— Il y a une grange derrière. Elle me sert d'entrepôt. Il y est peut-être.

Il me fixe un instant, comme s'il me jaugeait. Pour ce que j'en sais, c'est peut-être précisément ce qu'il fait. Avec un nouveau grognepir, il attrape sa cape. Celle que je lui ai empruntée la dernière fois. Son odeur me chatouille les narines quand il passe devant moi.

— Suis-moi, mais tu as intérêt à ne pas parler de ce que tu y verras, grogne-t-il.

Je lève les mains en signe d'apaisement.

— Promis. De toute façon, ce n'est pas comme si tu attisais la curiosité des gens au village.

Sauf que les villageois sont friands de potins. Surtout quand il s'agit du mystérieux ermite. Et encore plus quand les oracles le destinent à un brillant avenir. Je ne prendrai pas le risque de lui donner la grosse tête en le lui expliquant.

Il m'emmène vers un grand bâtiment de bois. Je m'étonne de ne pas avoir remarqué sa présence auparavant. Pour ma défense, j'avais autre chose en tête. Cette grange est énorme. Au moins deux fois la taille de la maison de Klaus.

— La porte est ouverte. J'aurais dû remettre le battant en place, marmonne-t-il.

Je n'en crois pas mes oreilles : il vient de prononcer deux phrases de suite ! Les miracles existent !

Il pousse un peu plus le portail pour nous permettre d'entrer. Pour la deuxième fois de la soirée, je suis étonnée. Je comprends ce qu'il voulait que je taise. Une multitude de jouets, qu'il a dû fabriquer, tapissent l'endroit. Mais que fait-il avec tout ça ? Je m'apprête à lui poser la question quand survient une autre surprise.

— Il lévite ? me dit la voix rauque de l'homme.

Klaus semble aussi surpris que moi. Pourtant, nous ne rêvons pas. Le petit faon flotte à plusieurs mètres du sol. Il tente de passer au-dessus d'une pile de têtes de chevaux en bois. Je n'avais jamais entendu parler de rennes volants jusque-là. Mais cela explique la couleur si particulière de son fil de vie. Il appartient à une race de créatures magiques que nous ne connaissons pas encore ! La motivation du Cerf Blanc à le sauver me paraît bien plus logique.

Son vol se fait plus désordonné. Il est jeune et ne doit pas maîtriser son don. Je me précipite, les bras tendus, alors que je vois sa chute de plus en plus imminente. Cela ne rate pas : il tombe et je m'emmêle les membres pour l'attraper. Je me retrouve allongée au milieu d'une pile de jouets, le faon sur le dos, après avoir provoqué un sacré boucan. Pour une fois, Klaus ne semble pas en colère. Il vient soulever le renne et me tend la main pour m'aider à me relever. Mes paroles de l'autre jour auraient-elles atteint son cerveau et ce qui reste de son cœur de pierre ?

— Merci, lui dis-je en agrippant ses doigts.

Il me tire sûrement un peu trop fort, mais je me retrouve debout, sur mes pieds, mais trop près de lui.

— Tu vas bien ?

Je lève la tête vers lui, sans m'écarter. Il semble réellement soucieux de mon bien-être. Ce n'est peut-être que par inquiétude de voir ma mère débarquer pour l'accuser de m'avoir blessée, mais c'est en soi un progrès au vu du phénomène.

— Très bien.

Sous cet angle, il est vraiment séduisant. Mon cœur fait même un bond. Je fais un pas en arrière et tends les bras vers le faon.

— Qu'est-ce qui t'a amené jusqu'ici ? demandé-je à l'animal.

J'entends Klaus pousser un léger grognement pour attirer mon attention. De la tête, il me désigne ce qui était caché derrière ses piles de jouets.

— Un puits de vision ? m'étonné-je.

Un petit, au vu de sa taille, mais je ne peux me tromper avec ces pierres lisses et colorées qui forment le muret. Bien que celui-ci soit rouge et vert et que celui des oracles soit fait d'une myriade de nuances pastel. Klaus secoue la tête.

— Non, rien à voir avec celui du temple des oracles. Celui-ci est plus une fenêtre vers le monde humain. Vers ce qu'il s'y passe en ce moment même.

Ces puits sont rarissimes. Il est impossible de les déplacer. Ils s'implantent dans un lieu et se manifestent sans s'annoncer. Il existe plusieurs théories sur la raison de leurs apparitions. Aucune n'a encore eu de preuve pour l'appuyer. Ce qui explique d'autant plus mon étonnement.

— Quel est l'intérêt de pouvoir voir le monde humain ?

Klaus prend l'un des jouets tombés au sol. Il essaie de mettre de l'ordre dans la pièce. Sauf que rien ne semble véritablement rangé ici. Il a besoin d'une meilleure organisation. Il suffit de regarder ces poupées mélangées aux soldats de plomb. Arrive-t-il à retrouver quelque chose dans tout ça ? Ce n'est pas la question la plus importante, de toute façon. Pourquoi fabrique-t-il tous ces jouets ? Un mystère à la fois, je présume, puisqu'il commence à me parler de son puits.

— Pas le monde des humains. Juste celui de leurs enfants.

— Hein ?!

Je regarde de nouveau autour de moi.

— Il y a un rapport avec tous ces jouets ?

Il tire une caisse vers lui et s'assied dessus.

— Le puits est apparu il y a un peu plus d'un an, explique-t-il. La première fois que je m'y suis penché, je ne voulais plus y retourner. Je n'en avais rien à faire de tous ces gosses. Puis, les rêves ont commencé.

J'ai un petit rire en caressant la fourrure du faon.

— Parce que tu ne faisais pas de rêves avant ? J'en fais des complètement loufoques, moi.

Il me fusille du regard. Il n'aime pas mon interruption.

— Ce n'était pas mes rêves. Mais ceux de ces foutus gamins.

Je stoppe le mouvement de ma main. Ce qui ne plaît pas au petit renne qui met des coups de tête dedans pour que je reprenne mes caresses. Ce que je fais, machinalement.

— Je croyais que tu étais un fae sans pouvoir. Que c'était pour ça que tu vivais comme un ermite.

Il passe une main sur sa nuque, visiblement gêné. Personne ne doit être au courant, sinon, cela aurait déjà fait le tour du village.

— Je suis un fae des rêves.

Dire que je suis étonnée est un euphémisme. Comment ce type peut-il posséder une telle magie ? Ce don est censé être doux, plein de poésie, de sensibilité. Tant de choses dont il est totalement dépourvu. D'un autre côté, mon ami à poil actuellement dans mes bras est également un mystère de la création. Son fil de vie ne m'a jamais paru aussi éclatant, d'ailleurs.

Il me faut un moment pour me rendre compte que je suis restée figée, en train d'étudier Klaus. Il ne dit rien et attend que je réagisse. Quand il veut, il peut se montrer patient.

— Je ne comprends pas le rapport avec les jouets…

Il pousse un soupir. Un véritable, cette fois-ci !

— C'est une obsession chez ces gosses ! C'est devenu plus fort que moi, je devais contribuer à leurs rêves. Entretenir leurs imaginations.

Si ce pouvoir est rare, on dit aussi qu'il est le plus étrange. Leurs porteurs se retrouvent obnubilés par une chose. Il faut croire que lui, c'est ça, son obsession. Reste à savoir s'il va en perdre la raison.

— J'ai un projet. Celui de livrer des jouets à tous les enfants de la Terre une nuit par an. Une nuit qu'ils vont attendre avec impatience et dont ils vont rêver. Une nuit qui leur apportera un peu de cette magie qui fait cruellement défaut à ces humains à la vie si courte.

Il faut que je devienne aussi folle que lui, parce que son idée trouve sens à mes yeux. Pire, je voudrais déjà voir le regard de tous ces gosses s'illuminer. La preuve : il vient de prononcer plusieurs phrases de suite et je ne parviens pas à m'en étonner. Pourtant, à son niveau, il doit s'agir d'une tirade. Je secoue mes boucles blondes pour reprendre mes esprits.

— Pourquoi tu me racontes tout ça ? Il n'y a pas si longtemps, c'était trop dur de m'adresser deux mots d'affilée.

Il semble subitement gêné. Cette nuit va-t-elle s'arrêter à un moment ? J'en ai assez de toutes ces surprises. Ma tête va exploser.

— La Marieuse m'a rendu visite. Elle a avancé des arguments qui m'ont fait réfléchir.

— Hein ?! Attends… quoi ?

Voilà, mes neurones volent en éclats.

— Elle m'a montré ce que notre union pourrait m'apporter.

— Quand je suis arrivée, tu étais prêt à me fermer la porte au nez ! m'exclamé-je.

— Un réflexe. Je vis seul depuis très longtemps.

— Donc, maintenant, tu veux m'épouser ?

— Pourquoi pas...

Il n'a quand même pas osé ! L'unique chose qui était bien chez lui, c'était son aversion pour ce mariage. Voilà qu'il change d'avis, comme ça, en un claquement de doigts.

— Non. Non. Et non.

Il reste assis, le dos droit, continuant de me regarder. Moi, je ne tiens pas en place, je fais les cent pas, tournant en rond dans son dépôt de jouets. Le faon saute de mes bras. Il ne supporte pas ma marche.

— Petit, t'en va pas, murmuré-je.

L'avoir contre moi est un tout petit peu rassurant. Du moins, mes mains sont occupées et je ne me retrouve pas à ronger mes ongles comme je le fais maintenant.

— Tu devrais lui donner un nom. C'est mieux que de l'appeler « petit », « le renne » ou que sais-je encore, reprend Klaus.

Je me tourne vers lui, furieuse. Tout est de sa faute, de toute manière. C'est lui qui me rend folle.

— On ne donne pas de nom à un animal sauvage ! Il doit retourner dans la forêt.

Il secoue la tête, comme si subitement il était un vieux sage.

— Il ne te lâchera plus, maintenant. Il a perdu sa mère, tu es devenue celle de substitution.

Je fronce les sourcils. Moi, la maman d'un renne ? C'est ridicule.

— Tu racontes n'importe quoi. Et puis, comment sais-tu que sa mère est morte ? Je ne te l'ai pas dit.

De nouveau, il affiche cet air gêné qui ne lui ressemble pas.

— J'ai vu ses rêves, quand vous avez passé la nuit chez moi.

Je me stoppe, tournant mes yeux vers lui.

— Tu peux voir les rêves de tout le monde.

Il secoue la tête.

— Seulement ceux des enfants et des personnes ou créatures qui me sont liées.

— En quoi le renne est-il lié à toi ?

Il hausse les épaules.

— Je ne sais pas encore.

— Et moi ? Tu as pu entrer dans mes rêves ?

Il pique un fard. J'hallucine ! Il rougit !

— Tu ne vas pas aimer ma réponse. Je préfère ne rien dire.

Cette non-réponse en est pourtant une très concrète. Il a raison. Je la déteste. Et comprendre qu'il me connaît suffisamment pour le savoir m'agace un peu plus.

— On n'est pas liés l'un à l'autre. Et on ne le sera jamais.

— Pourquoi ?

Il ose sérieusement poser la question ? J'ai un tas d'explications à lui fournir, mais il enchaîne avant que je ne le fasse.

— Les oracles nous prédestinent l'un à l'autre. On m'a dit que l'idée enchante ta mère. Ici, tu serais libre d'accueillir toutes les créatures que tu souhaites. On pourrait travailler ensemble sur mon projet.

J'ai un rire dur.

— C'est ça que tu recherches ? Quelqu'un avec qui bosser ? Ce n'est pas un mariage, ça. C'est une association.

Je sens des larmes de rage entraver ma vision. Je ne tente pas de les retenir. Il veut m'épouser ? Ce sera pour le meilleur, comme pour le pire.

— Un mariage, c'est deux personnes qui s'aident. Qui s'écoutent. Qui parlent. Qui partagent tous leurs repas ensemble. Ce sont des gens qui s'aiment. C'est si difficile à comprendre ? Je veux épouser quelqu'un qui m'aime pour de vrai ! Tu peux le faire, toi ? Tu peux m'aimer sans condition ? Peu importe ce que je fais ? Ce que je dis ? Je ne pense pas, non. Moi, j'ai essayé de te connaître. Toi, rien du tout. Tu n'as fait aucun effort.

Je me rends compte que c'est la vérité. Ma curiosité envers ses fabrications dans son bureau, c'était une façon de le découvrir. J'ai beau refuser de tout mon cœur cette union, il y a une part de moi, une toute petite, qui veut croire la Marieuse et les autres oracles. Une part de moi qui veut croire que, si je laissais les autres choisir mon partenaire de vie, je pourrais être heureuse. Sauf que lui, il m'a prouvé le contraire.

— Tu n'as fait que me repousser et me mettre dehors. Alors, non, je ne veux pas t'épouser ! Tu peux le comprendre, ça ?

Mes parents n'ont jamais eu besoin de prédiction pour se trouver. Papa me disait souvent qu'ils se sont reconnus au premier coup d'œil. Ils ont été les plus heureux. Ils ont ouvert la porte à l'amour et au partage. C'est ce que je désire.

J'attrape le renne, prête à partir. Nous n'avons plus rien à ajouter. Pourtant, je me tourne quand même vers lui pour dire au revoir.

— On se reverra peut-être un jour. Dans longtemps, j'espère.

Je fais mon possible pour chasser Klaus de mon esprit. Mais la colère est dure à calmer. D'autant plus avec ma mère qui me réclame de donner une chance à l'ermite. Je passe de plus en plus de temps dans la remise avec le faon. Autant pour l'éviter que parce qu'il semble avoir le pouvoir de m'apaiser. Il ne me quitte pas non plus. Klaus doit avoir raison, il m'a adoptée. Même en ville, il se tient à mes côtés. Parfois en marchant, d'autre fois en flottant. Inconsciemment, je lui cherche un nom. Ce satané ermite rentre finalement dans mes pensées. Pour le moment, je ne parviens à m'arrêter sur aucun prénom. Pourtant, plusieurs me sont déjà passés par la tête : Comète, Furie, Tornade et bien d'autres encore. Il y a toujours quelque chose qui ne colle pas. Je laisse toutes ces idées mûrir dans un coin de mon esprit.

Je salue plusieurs villageois avant d'atteindre l'étal de fruits et légumes. Je suis surprise de voir qu'il n'est pas ouvert.

— Il y a quelqu'un ? crié-je.

— Il semblerait que non, mon enfant, me dit une voix douce.

Je me retourne d'un bond. Et flûte ! C'est la Marieuse qui est devant moi. J'aurais pourtant dû me rendre compte de sa présence bien plus vite. Rien que son parfum embaume le village entier. Parfois, je me dis qu'elle doit s'en verser un flacon chaque matin. Et tout autant de maquillage sur son visage. Son corps tout en courbes est recouvert d'un nombre incroyable de voiles. Elle a toujours été la plus étrange des oracles. Alors que les autres sont maigres, décharnés et sombres, elle, elle est bien en chair, souriante, comme si elle croquait la vie à pleines dents.

— Madame la Marieuse, la salué-je respectueusement. Je ne m'attendais pas à vous trouver ici.

Le petit renne décolle pour venir se poster près de mon épaule. Une présence rassurante.

— Je m'en doute, au vu de la manière dont tu veux m'éviter.

Faut croire que je suis grillée. Je prends une mine gênée. Un sourire étire son rouge à lèvres criard et elle pose une main sur ma joue.

— Ne t'en fais pas, ma belle, je peux comprendre ta réticence. Pourtant, tu n'as rien à craindre du destin.

Je retiens une grimace. Voilà exactement le genre de chose que je ne veux pas entendre. Des plateries surtout faites pour les diseuses de bonne aventure humaines.

— Je n'ai pas peur, me défends-je. Je pense que ce sont des bêtises. Si l'avenir était écrit d'avance, à quoi servirait le libre arbitre ?

Ses dents deviennent maintenant visibles tant elle sourit.

— L'un n'empêche pas l'autre. La destination ne peut changer, mais c'est toi qui choisis le chemin.

Son doigt me tapote le bout du nez, comme si j'étais une enfant à qui elle donne une leçon. Ce qui est le cas, dans un sens.

— Klaus et toi, vous allez entrer dans la légende. Je l'ai vu.

Ses yeux scintillent quand elle prononce ces mots. À croire que la magie se montre dans son regard. Elle me donne envie de la croire. Mais je ne suis pas aussi naïve. Sauf que la Marieuse n'a pas dit son dernier mot.

— À toi de décider si tu veux commencer votre histoire dans la guerre ou dans la paix.

Je souffle et ne cache pas mon agacement cette fois-ci.

— Ce n'est pas à moi que vous devriez dire ça, mais à lui. C'est lui qui a entamé cette bataille.

— Les hommes sont des créatures compliquées, ma toute belle. Sans une femme pour les guider, ils ne savent pas ce qu'ils font.

Super, encore un discours que je n'ai pas envie d'entendre. Bien sûr : l'épouse dans l'ombre de son homme. Il serait peut-être temps que les mentalités changent. À mon grand soulagement, le volet du maraîcher commence à bouger. Si la Marieuse pouvait me laisser, à présent.

— J'ai vu ton avenir, ma chérie. Et jamais une fae n'a été aussi heureuse. Alors réfléchis-y un instant : tu ne ressens vraiment rien pour lui ?

Mon regard se détourne d'elle au moment où la marchande apparaît. Quand je tente de lui parler de nouveau, je découvre qu'elle a disparu.

—Oh, Myra! Désolée d'ouvrir si tard. Il te fallait quelque chose ?

— Que s'est-il passé ? demandé-je alors que le faon regagne la terre ferme.

Un éclat de colère traverse ses prunelles. Elle regarde autour d'elle.

— Ne le dis à personne, mais je crois qu'on a une invasion de lutins sur les bras.

Je me fige. Je les avais complètement oubliés. Ils m'attendent depuis tout ce temps dans la cabane. Je le sais, pourtant, il ne faut jamais laisser des lutins inactifs ! Je tente de reprendre une contenance.

— Eh bien… On a tout retrouvé sens dessus dessous, il nous a fallu une incroyable patience pour tout ranger. Et nous ne sommes pas un cas isolé. Le cordonnier s'est réveillé en pleine nuit en entendant du bruit dans son atelier. Les souliers dansaient seuls. Quant à la tisseuse, elle a découvert ses fils mélangés.

Je grimace en même temps que la marchande. Nous savons tous que déranger la tisseuse n'est jamais une bonne idée. Elle est l'une des faes les plus mystérieuses de notre village. Ses vêtements sont des merveilles. Mais ceux qui en possèdent sont peu nombreux. Elle choisit elle-même à qui donner ses créations. Et personne ne comprend sur quels critères elle se base. Mais tous s'accordent à dire que c'est un honneur.

— C'est étrange, tout de même. Que feraient des lutins ici ? Ce n'est pas vraiment leur climat habituel.

La femme hausse les épaules.

— Je n'en sais rien.

Au moins, aucun soupçon n'est porté sur moi.

— Tu voulais quelque chose, alors ?

Je lui adresse un sourire et lui donne la liste de ma mère.

Les lutins ont allumé un feu dans la cheminée du cabanon. À mon arrivée, ils se lèvent précipitamment. Je les retiens de me faire une révérence.

— Madame, vous êtes venue !

Je ne sais même pas auquel m'adresser, puisque tous parlent en même temps. L'un d'entre eux pousse une chaise dans ma direction et je me retrouve assise. Le faon est amusé par tout ce remue-ménage et court après un lutin, puis un autre. Une tasse d'une tisane qui semble être à la menthe atterrit dans ma main. Dans la deuxième, un biscuit à la cannelle est apparu.

— Nous sommes si heureux de vous voir.

— Il n'y a pourtant pas de raison…

Leurs yeux brillent de joie. Les enfants qui recevront les cadeaux de Klaus seront certainement ainsi. Je secoue la tête, effaçant le fae de mes pensées.

— Je sais que j'ai tardé à revenir vers vous, mais vous n'auriez pas dû aller en ville. Vous avez créé quelques problèmes…

Celui que j'ai catalogué comme étant leur chef s'installe devant moi pour prendre la parole.

— Nous comprenons, Madame, mais il est dur pour nous de rester sans rien faire. Nous n'avions pas l'intention de faire du mal.

Je pousse un soupir. C'est exactement le problème avec les lutins. Tant qu'ils sont canalisés, on peut leur accorder une confiance aveugle. Quand ce n'est pas le cas… Ils sont pires que des gosses qui ont mangé trop de bonbons. Il faut que je leur trouve une maison, un travail.

— Dites-moi donc ce que vous faisiez avant de tout perdre, demandé-je.

— Nous sommes des artisans du bois, *milady*. Mais nous pouvons tout faire. Nous nous adaptons. Nous pouvons coudre, tisser, chanter, cuisiner. Tout est possible.

Je me mords la lèvre alors qu'une solution évidente me traverse l'esprit. J'aimerais tant avoir une autre idée. Pourtant, je le sais, ce serait parfait pour eux. Il y a même suffisamment de terrain pour qu'ils puissent construire des maisons rien que pour eux.

— J'ai une idée. Je connais un endroit qui devrait pouvoir vous accueillir. Je vais vous écrire une lettre que vous donnerez à quelqu'un qui a besoin d'aide et de la place pour vous.

Le document est vite rédigé. Ils me promettent de s'y rendre très rapidement. Je leur fais confiance pour ça.

Le lendemain, je sors pour gagner la dépendance quand on me stoppe en plein chemin. Pendant des années, j'ai fait ma vie tranquille sans qu'on vienne jamais me voir et maintenant, je suis sans cesse demandée. D'autant plus que la personne qui se présente devant moi n'annonce rien de bon.

—Dame Myra! Je vous cherchais.

Je regarde l'enfant fae qui se tient devant moi. Je le reconnais facilement. Si ce n'était pas le cas, son crâne fauve sur lequel est dessiné un œil me le montrerait : il est un futur oracle. Le don de prescience se dévoile jeune. Nous avons été surpris que ce soit un homme. Jusque-là, les oracles étaient des femmes.

— Et pourquoi me cherchais-tu ? Une créature égarée, peut-être ?

— Les oracles veulent vous voir.

Je pouvais toujours espérer. Après la Marieuse, il ne manquait plus qu'elles. Et on ne peut pas dire non à ces vieilles femmes. Je tourne la tête vers le faon, encore derrière moi.

— Tu m'accompagnes ?

Il relève le museau et s'agite gaiement.

— Montre-moi le chemin.

Je le suis dans les rues jusqu'à atteindre le temple. Je déteste cet endroit. Son architecture tape-à-l'œil qui ne correspond tellement pas à notre village sous la neige. Des colonnes à la grecque, une bâtisse imposante… La seule chose qui ne choque pas, c'est la fumée qui s'échappe de la cheminée. Toutes les maisons ont besoin d'un bon feu pour se réchauffer. L'apprenti oracle entre devant moi. Après un moment d'hésitation, je le suis.

À l'intérieur, c'est une fournaise. Je retire rapidement ma cape. Le puits trône au milieu de la pièce. Et les trois devineresses tout autour, le dos voûté.

— Myra, ma chère. Nous voulions tant vous voir !

Avant, elles avaient chacune un nom. Une identité propre. Plus personne n'est capable de les distinguer. Je me demande si elles-mêmes le peuvent.

— Tu n'es pas venue…

— … depuis notre…

— … prédiction.

J'avais oublié cette horrible habitude qu'elles ont : finir les phrases les unes des autres. C'est même flippant. C'est aussi en ça que la Marieuse est différente. Elle entre dans une catégorie à part des oracles, elle n'est là que pour prévoir les futurs mariages. Oui, c'est la moins inquiétante du lot.

— Disons que j'ai été pas mal occupée. Vous comprenez ce que c'est, des créatures qui ont besoin de soins. Comme ce petit renne.

Il vient se positionner dans mes bras, comme s'il avait compris que je parle de lui.

— Oui, nous le…

— … savons, il…

— … fait partie…

— … intégrante de…

— … ton avenir…

— … si brillant.

Je sens que la conversation va être longue. Très longue…

— S'il brille tant que ça, faites attention à ne pas vous brûler les rétines.

C'est à peine si elles m'écoutent.

— Tu ne souhaites…

— … pas en…

— … avoir un…

— … aperçu ? Nous…

— … pouvons…

— … te le montrer.

Elles m'indiquent le puits de la main. L'idée est très tentante. Je dois l'avouer. N'importe qui voudrait connaître ce qui va se passer dans sa vie. Ne serait-ce que pour s'assurer qu'il fait les bons choix, qu'il n'est pas en train de complètement se tromper. Mais j'ai aussi parfaitement conscience du danger que représente ce savoir. Et surtout, cela mène à l'éternelle question : est-ce que les choses auraient été différentes si je n'avais pas su ?

— Non, merci ! Je finirai bien par le voir par moi-même un jour, pas vrai ? Après tout, c'est ça, le but.

— Enfant sage…

— … ou enfant…

— … qui a peur.

Je glisse ma main dans la fourrure du petit renne pour me rassurer. Parce que là, oui, elles me font flipper. Puis, subitement, elles se figent, leurs regards se perdent dans le vide et elles se penchent en direction du puits. L'apprenti oracle se présente devant moi.

— Les oracles sont appelées par le destin. Je vais vous raccompagner chez vous, Madame.

— Ne t'en fais pas, je trouverai le chemin toute seule.

Je ne veux qu'une chose : fuir cet endroit.

—Myra! Tu as de la visite !

Je suis dans le cabanon, au fond du jardin. J'entraîne le faon à voler. Il a gagné en assurance et semble de moins en moins poser ses pattes au sol.

— C'est qui ? Je suis occupée !

— C'est moi. Pardon de te déranger.

Je sursaute et me retourne. Klaus se tient à la porte. Dans ses mains, il triture la lettre que j'ai écrite pour les lutins. Cela remonte à plusieurs jours déjà. Les poings sur les hanches, je me redresse en poussant un soupir.

— Que se passe-t-il ? Les lutins te posent problème ?

Il secoue la tête.

— Non, pas du tout. Au contraire, tu as eu une riche idée. J'ai juste un peu de mal à me faire écouter…

— Tu finiras par trouver comment faire.

— Si tu étais là, ce serait plus simple, murmure-t-il.

Je sens la colère bouillonner de nouveau en moi.

— Tu ne veux pas recommencer cette même conversation, quand même ?

Il lève les mains en signe de paix.

— Non, je souhaite juste discuter avec toi. J'ai été maladroit la dernière fois. J'aimerais avoir une chance de mieux t'expliquer tout ça.

Je le fixe. Je ne devrais pas accéder à sa demande. Il ne le mérite pas. Pourtant, une part de moi me souffle de lui laisser une chance de s'exprimer. Il s'agit de cette partie de moi qui l'apprécie malgré tout. Sûrement ce même morceau qui concentre toute ma bêtise.

— Bien… Allons faire une promenade, alors.

Je ne veux pas avoir cette discussion près des oreilles de ma mère. Ou de quiconque du village. Tous des commères. Je me tourne vers le faon.

— Viens, Noël ! On va continuer ton entraînement dans la forêt.

Le renne sort en trottinant.

— Noël ? me demande Klaus.

— Oui… Je lui ai donné un prénom. C'est grave ?

— Non, pas du tout. Je m'interroge juste sur le choix de « Noël ».

Je hausse les épaules.

— Ça m'est venu comme ça. Tu n'aimes pas ?

Il a un sourire. Ses étirements de lèvres sont rares. Il me paraît presque étrange, énigmatique. Comme s'il avait connaissance d'un grand secret. Ce qui m'inquiète un peu plus.

— Non, pas du tout. Noël, c'est parfait.

Il prend la direction de la forêt et nous lui emboîtons le pas sans comprendre.

Nous marchons durant de nombreuses minutes en silence. Visiblement, il ne semble pas pressé de le briser. Quant à moi, je m'impatiente. Je finis par souffler.

— Je pensais que tu voulais parler ?

Il avance devant nous, m'empêchant d'étudier son expression. Je ne vois que sa main se lever pour se poser sur sa nuque. Je suis tentée d'interpréter ça comme un geste de gêne, sans être sûre de rien.

— Je ne sais pas trop par quoi commencer… Je n'ai jamais eu à dire ce genre de choses avant. Je ne suis pas doué pour parler aux autres.

— Je l'avais remarqué…

Je marmonne en regardant le bout de mes bottes s'enfoncer dans la neige. Mon front percute subitement quelque chose de dur. Je relève la tête en le frottant. Klaus s'est arrêté et tourné vers moi sans que je m'en aperçoive. Il est bien plus musclé que je ne l'aurais cru. Ses yeux me scrutent, comme si les réponses à ses questions étaient inscrites dans les traits de mon visage. Si c'est le cas, je me regarderai plus souvent dans le miroir.

— Tu… Tu…

Ma main passe de mon front à ma joue.

— J'ai une trace de terre quelque part, c'est ça ? À force de faire des chutes, Noël a dû m'éclabousser avec de la boue.

Il ne me répond pas, continuant à me fixer. Je touche mes mèches blondes.

— Ce sont mes cheveux, alors ? Je me suis coiffée rapidement ce matin. Ma natte ne doit plus ressembler à grand-chose.

Il secoue la tête.

— Non. Tu es parfaite. Sublime, comme toujours.

Ses joues se colorent de rouge. Même avec sa barbe, je peux le voir.

— Tu dis ça pour que j'accepte ton idée de mariage-partenaire de projet ? Ça ne sert à rien. Tu…

Il pose finalement le bout de ses doigts sur ma bouche.

— Tu es aussi incroyablement bavarde. Ce qui est tout le contraire de moi. Alors, si tu pouvais juste me laisser parler. Un peu…

J'acquiesce d'un mouvement de tête et il baisse sa main. Mes lèvres me paraissent froides sans son contact.

— Je suis sincère, tu es vraiment belle.

Il marque une pause avant de reprendre :

— Il n'y a pas que ça…

Il prend une brève inspiration

— Je t'ai avoué avoir vu tes rêves…

Je hoche la tête en silence. Je n'aime toujours pas cette idée. S'il ne m'avait pas demandé de garder la bouche close, je serais en train de le lui dire, d'ailleurs. Il n'a pas conscience que c'est une violation de ma vie privée. Ou alors il s'en moque. Les convenances sociales ne semblent pas être son problème, après tout.

— Tes rêves sont… de pures merveilles. Tu n'as pas idée de ce que les gens peuvent porter en eux. Ceux de mes parents ont toujours été d'un égoïsme incroyable.

Encore une autre partie du mystère Klaus qui s'efface. Une relation malsaine avec ses géniteurs explique sans problème son côté ermite vivant au fond des bois.

— Tu ne dois pas faire de deux personnes une généralité.

Il m'adresse un regard noir. Je mime une clef que je tourne devant ma bouche, lui indiquant que je vais me taire de nouveau.

— Je suis bien plus vieux que toi, Myra. J'ai eu le temps de me lier à beaucoup de monde. De voir un nombre de rêves incroyable. Sans doute pour ça que je me suis vite attaché à ceux des enfants humains. Ils sont purs et innocents. Un peu comme les tiens.

Moi ? Pure et innocente ? Je ne le dis pas, mais mon expression doit parler pour moi, puisqu'il rit. Je ne l'avais jamais vu s'esclaffer. Un frisson, qui n'a rien à voir avec la température ambiante, me parcourt. Je fais mine d'observer Noël pour cacher mon embarras.

— Tes rêves sont doux, tendres, emplis de tellement de bienveillance. Ils sont uniques au monde.

Je reporte mes yeux vers les siens. De l'affection semble y briller. Il me déconcerte complètement. Il n'a pas l'air d'être la même personne qui m'a virée de son bureau deux semaines auparavant.

— Ce ne sont que des rêves.

Je murmure. Je sens une chaleur monter à mes joues. Pourtant, je ne le veux pas. Je ne veux pas y croire.

— Les rêves donnent de nombreux indices sur la personnalité des gens. J'ai su à l'instant où j'ai vu les tiens que tu étais quelqu'un d'exceptionnel.

Je ne suis pas habituée à tant de compliments. Une part de moi refuse même d'accorder du crédit à ce qu'il dit. On ne peut pas être honnête en racontant tout ça. Mon esprit critique reprend très vite le dessus.

— Pourtant, ce matin-là, tu m'as envoyée paître comme si j'étais la pire personne au monde.

Il passe une main sur son visage.

— Je sais. Je suis désolé.

Il croise mon regard, le capte, le maintient. Il semble décidé à ne plus me fuir.

— Tu m'as complètement déconcerté. Je me suis levé sans savoir ce que j'allais te dire. Déjà, quand tu as débarqué avec ce petit faon dans les bras, j'étais perdu. Personne ne vient jamais frapper à ma porte. Surtout pas pour me demander de l'aide. Dès le départ, tu t'es présentée comme une énigme à mes yeux.

Exactement comme il l'était pour moi. Il l'est toujours, d'ailleurs. Je comprends mieux ses motivations, ses pensées, mais ce n'est pas suffisant.

— En me réveillant, j'étais encore plus perdu. Surtout avec ces prédictions à la noix. Les oracles devraient parfois ne rien dire du tout. Je ne savais pas comment tu voyais tout ça. Peut-être même que tu étais là pour m'épouser. En voyant tes rêves, j'ai compris que non, mais une part de moi voulait quand même se préserver d'une histoire forcée.

Nous avons plus en commun que je ne souhaitais l'admettre, en vérité.

— J'ai donc réagi de la seule manière qui m'est venue à l'esprit : en étant sur la défensive.

— Tu t'es montré grossier, insisté-je.

Je croise mes bras, lui exprimant ainsi que je ne vais pas me laisser convaincre aussi facilement.

— Je sais.

— Et méchant.

— Je sais. Je me suis rendu compte de ma bêtise quand tu es partie.

Je plisse les yeux.

— Pourtant, tu n'es pas venu me voir. Tu as attendu que Noël me ramène jusqu'à chez toi.

— Après ton départ, j'ai été de mauvais poil. Ça ne s'est pas arrangé avec la visite de la Marieuse. Quand je t'ai vue à ma porte, j'ai compris qu'elle avait raison.

Je déglutis faiblement. Mon cœur tambourine dans ma poitrine. J'aime ce que j'entends. Malgré tout, la peur continue de m'étreindre. Me dit-il tout ça juste pour me convaincre ? Puisqu'il a besoin d'aide pour mettre au point son projet…

— Qu'est-ce qu'elle t'a raconté ?

Il lève sa main et, d'un geste maladroit, du bout des doigts, il caresse la pointe de mes cheveux. Il les fixe. Il reprend à voix basse. Une voix grave qui vibre en moi.

— Que si je me montrais moins obtus, je remarquerais que tu es exactement ce qui manque à ma vie.

Il lève les yeux vers moi, timidement.

— Je ne suis pas doué pour tout ça. Je t'en supplie, dis-moi juste ce qu'il se passe dans ta tête.

Ce qu'il se passe dans ma tête… Je suis incapable de penser correctement. D'autant plus avec ses doigts qui continuent de caresser mes cheveux. Alors, pour une fois, je préfère agir plutôt que de parler.

Mes paumes se posent sur ses épaules. Mes lèvres rencontrent les siennes. Sa barbe me picore les joues. Il se fige d'abord, alors que notre baiser se fait timide. Puis, ses bras m'entourent, passant sous ma cape. Ses mains trouvent leur place, au creux de mes reins. Sa bouche se fait plus pressée, son étreinte plus fiévreuse. Si j'avais un doute, il est maintenant effacé. Pourtant, même si un sourire illumine mon visage, je sais que nous avons encore des choses à nous dire.

Mes doigts entourent ses joues.

— On ne va pas se marier. Du moins, peut-être un jour, mais pas tout de suite.

Il hoche la tête, bien que je puisse voir un éclair de panique passer dans ses prunelles.

— On doit apprendre à se connaître. Ce ne sont pas les prédictions des oracles qui doivent définir notre relation.

— Tu as raison, dit-il en laissant échapper un soupir de soulagement. Prenons notre temps.

Il dépose un baiser sur mon front. Il garde ses lèvres contre mon front pour parler :

— J'ai oublié de te dire, j'ai donné un nom au jour de ma distribution de cadeaux. Un nom qui m'est venu comme ça : Noël.

Quatre ans plus tard

Assise au bord de la forêt, je souris en voyant ma mère danser avec Klaus, mon époux depuis à peine deux heures. Comète et Furie, les deux petits de Noël, sautillent autour d'eux alors que la Marieuse applaudit. Les autres oracles n'ont pas fait le déplacement, incapables de quitter leur temple. Elles ont tout de même envoyé des cadeaux. Comme ma robe, faite par la Tisserande elle-même. Bien que nous ayons tenté de nous affranchir de la prédiction des oracles, les autres faes continuent de nous offrir des gages de reconnaissance.

Noël s'approche, de sa démarche altière. Il est loin, le petit faon qui m'avait été confié. Il a grandi pour devenir cet animal fort et fier. Surtout après ce premier Noël. Tirer le traîneau seul a été une dure épreuve pour lui. Je me lève et pose ma main sur son cou. Sa compagne, une biche à la robe claire, est allongée dans l'herbe, gardant un œil sur ses enfants alors que le prochain s'épanouit en elle.

Les lutins sont aussi de la fête. Derrière notre maison, nous pouvons apercevoir les nombreuses cabanes qu'ils se sont construites. Ils sont des travailleurs acharnés. Il faut croire qu'ils faisaient partie de notre glorieux destin.

Je me fige quand je sens une présence venir de la forêt. Un être que je n'ai pas revu ces quatre dernières années. Le Cerf Blanc se tient là, à la lisière des bois. Il avance vers moi et pose son front contre le mien. Comme cette fois-là, des images se succèdent dans ma tête. Je n'y ressens que des vœux de bonheur. Je me redresse avec le sourire.

— Toi aussi, tu savais ce que le destin nous réservait, pas vrai ?

Je crois presque apercevoir une lueur amusée dans son regard alors qu'il fait demi-tour et se retire.

—Myra?

Je me retourne et les bras de Klaus viennent me serrer contre lui. Je vois le pli soucieux que j'ai appris à reconnaître apparaître sur son front.

— Tout va bien ? me demande mon mari.

Je lui souris tendrement. Mon amour. À la fois choisi par le destin et choisi par moi. Nous avons pris le temps de nous connaître. Nous avons construit nos sentiments qui ne vont qu'en grandissant avec les années.

— C'est notre mariage, bien sûr que tout va bien.

Son nez frôle le mien.

— Alors, tu accepterais peut-être de danser avec moi ?

— Comment refuser quelque chose au père Noël ?

Il pousse un de ses grognepirs dont il a le secret. Le terme que j'ai inventé pour désigner son grognement particulier est devenu un véritable mot pour notre entourage. Je sais qu'il n'aime pas trop ce nom que lui donnent les enfants humains depuis quelque temps. Il pense que cela le vieillit. S'il savait que dans quelques mois, il sera papa pour de vrai… Je garde la surprise pour ce soir, quand nous serons seuls. Pour le moment, j'ai autre chose à lui dire :

— Je t'aime.

Un sourire éclaire son visage.

— Je t'aime aussi.

A propos d'Elisa

L'apprentissage de la lecture a été une révélation pour Elisa Forest. Elle s'est très vite mise à dévorer. Quand, il n'y en a pas eu assez dans sa bibliothèque, elle s'est mise à écrire, tandis que sa petite sœur dessinait son histoire.

Des années plus tard, elle n'est toujours pas guérie de sa passion. Pire, la naissance de sa fille la pousse à terminer son manuscrit. Elle a ainsi achevé son premier roman qu'elle espère faire publier un jour.

En attendant vous pouvez la retrouver avec une nouvelle éditée dans le carré d'Ass numéro 9 aux Editions explicites. Vous pouvez aussi la suivre sur Wattpad sur le compte elisaladeiraforest ou sur instagram sous le nom de @Neelannbooks où elle partage ses lectures et son écriture au quotidien.

Le Noel Master

Chalice Autumn

I — Bel

D'un puissant coup de sabot, Fringant obtient l'immédiate attention de la foule. Le public et les participants, positionnés en arc de cercle autour des Rennes, attendent les résultats de l'épreuve de langues avec impatience. Bel, elle, redresse ses épaules, le cœur dans la gorge. Son niveau étant plutôt moyen, elle a dû le compenser en étudiant tard le soir pendant plusieurs jours. Malgré tout, Bel ne peut s'empêcher de croiser discrètement les doigts dans son dos. Après l'annonce, les finalistes ne seront plus que cinq. Cette épreuve est déterminante, il faut qu'elle soit parmi les meilleurs, Bel n'a pas le choix.

Devenir Noël Master est son rêve. Des heures passées à s'entraîner dans l'unique but de remporter ce tournoi. S'imaginer à bord du traîneau tiré par les Rennes lui donne des frissons, surtout au moment de franchir le voile des mondes. Une nuit. C'est le temps que le champion du tournoi porte le titre de Noël Master. Une nuit pour distribuer les cadeaux fabriqués toute l'année ici, dans le Monde Neigeux, et une nuit pour changer toute une vie.

— Sans plus attendre, voici les cinq participants nommés : Lou, Justine, Jules, Annabelle et Tesla. Je vous remercie de tous les applaudir et vous attends pour la prochaine épreuve.

Un tonnerre d'applaudissements salue les paroles de Fringant. Malgré son aversion pour son prénom, en l'entendant prononcé par le renne, Bel n'a pas pu retenir l'immense sourire qui orne à présent son visage.

Des bras musclés encerclent la taille de Bel et la font tournoyer en l'air. Reconnaissant l'éclat de rire de son frère aîné, Adam, Bel glousse de bonheur. S'il n'y avait pas une telle différence de taille entre elle et lui, on pourrait les penser jumeaux. Avec leurs cheveux noirs de jais et leur peau caramel, Adam et Bel partagent des traits particulièrement remarqués. Leurs pupilles ébène contiennent le même soulagement. Les efforts de Bel paient et elle ne peut retenir cette étincelle de fierté qui emplit son cœur. Fierté partagée par toute sa famille qui la serre fort dans ses bras, les uns après les autres.

— Je vais féliciter Lou, je reviens, déclare sa mère en cherchant parmi la foule le jeune homme en question.

Bel se renfrogne en entendant le prénom de son rival, anciennement meilleur ami. Inspirant profondément, elle s'oblige à ignorer les papillons qui voltigent dans son ventre. Il ne manquerait plus qu'il gâche sa petite victoire !

II — Lou

Après avoir échangé avec la mère de Bel quelques minutes, Lou la suit du regard lorsqu'elle retourne auprès de sa fille. Sa meilleure amie rayonne de joie. Avec un pincement au cœur, Lou n'arrive pas à détacher son regard de sa silhouette longiligne, elle agite ses bras avec animation en racontant quelque chose à son père.

Lou n'a jamais douté du fait qu'elle serait parmi les finalistes, Bel travaille si dur qu'il est impossible de ne pas la remarquer pendant les épreuves.

Récemment, Lou regrette d'avoir autant de facilités, lui donnant l'air de se reposer sur ses lauriers alors qu'il ne le fait pas exprès. À chaque étape du tournoi, son cerveau met de côté ses émotions pour laisser place à l'efficacité et la logique, et lorsqu'il reprend le contrôle de lui-même, l'épreuve est terminée. Après le parcours d'obstacles, la deuxième épreuve, Tonnerre a fait venir Lou à ses côtés, le félicitant pendant près de vingt minutes pour ses capacités physiques et encourageant les autres à prendre exemple. Gêné, Lou n'a pas arrêté de sourire comme un idiot en tentant d'ignorer le regard de colère glacial que lui lançait sa meilleure amie, son attitude involontairement nonchalante aggravant son cas. Les plus longues vingt minutes de sa vie. Après l'avoir accusé de prendre son rêve pour un jeu, elle ne lui a plus adressé la parole.

Lou pousse un soupir, malheureux. Sa meilleure amie lui manque affreusement.

Au début, sa réaction l'a blessé, mais la nuit lui a permis de réfléchir et, parce qu'il connaît Bel par cœur, il a compris que le stress de la compétition et sa fierté ont transformé sa vision des choses. Hélas, depuis, il n'a personne avec qui partager ces moments, réduit à la regarder briller dans l'ombre, le cœur lourd. Son père est fier, bien évidemment, mais c'est différent.

Ce tournoi, Bel et Lou l'ont préparé ensemble, parlant stratégie jusqu'à l'aube et s'entraînant chaque jour pour les épreuves.

Le lendemain, c'est Comète qui s'avance vers la foule pour prendre la parole. Il est si rare d'entendre la voix du renne que, chaque année, les habitants du Monde Neigeux attendent impatiemment le tournoi du Noël Master pendant lequel il parle un peu plus. C'est pourquoi le public et les participants se taisent dès qu'il ouvre la bouche.

— Aujourd'hui, vous serez jugés sur l'épreuve des jouets. Vous devrez, parmi une cinquantaine de jouets et dans un temps limité, retrouver les cinq jouets fabriqués des mains des anciens Noël Master, annonce-t-il d'une douce voix dans laquelle, si l'on écoute bien, on distingue sa joie enfantine.

Le cœur de Lou manque un battement. Comme il regrette de ne pas pouvoir être aux côtés de sa meilleure amie aujourd'hui !

C'est l'épreuve préférée de Bel.

III — Bel

Il faut bien une minute à Bel avant de remarquer qu'on l'observe.

En levant le nez, elle se rend compte que c'est Comète. Voyant qu'il a enfin obtenu son attention, le renne à la robe beige agite ses bois sans bruit et fait apparaître une énorme hotte de velours pourpre dans une gerbe de neige pailletée. Bel la récupère et, le regard dans le vague, la balance sur son épaule. Ce matin, elle a laissé son cœur au placard. Alors qu'elle s'affale dans la neige à quelques pas des juges, Bel se dit qu'elle aurait bien aimé être une machine sans émotions aujourd'hui. Sans enthousiasme, elle plonge sa petite main dans la hotte dès le coup de départ.

Sans trop y réfléchir, elle en met deux de côté, sûre d'avoir trouvé les jouets demandés. Une balle finement décorée de sapins ainsi qu'un camion de pompier rouge vif peint à la main. Dès que la pulpe de ses doigts les a effleurés, Bel a ressenti comme une sorte de résonance « juste » à l'intérieur de son corps. C'est Lou qui lui a montré comment entendre cette sorte de vibration en touchant un jouet pour en connaître la valeur. Avec obstination, elle s'interdit de chercher son meilleur ami du regard.

Ex-meilleur ami ! Concentre-toi, Bel !

Les deux jouets sont très vite rejoints par une poupée de chiffon, une trompette en bois et une baguette magique pailletée. Penchée sur ses trouvailles, Bel sursaute violemment quand sa longue tresse brune lui atterrit dans le nez. D'un geste impatient, elle la repousse dans son dos, agacée d'avoir été apeurée pour si peu. Elle étudie une dernière fois les cinq jouets qu'elle a sélectionnés, mais sa corde intérieure tinte joyeusement pour tous. Avec un sourire triomphant, elle lève le bras en direction des juges pour signaler l'arrêt de son choix. Finalement, cette épreuve était plus amusante qu'elle ne l'aurait imaginé.

En se retournant, son regard tombe sur Lou qui a fini lui aussi, son doux regard posé sur elle. Timidement il lui fait signe, mais son caractère de cochon la fait réagir sans réfléchir. Le nez en l'air, Bel renifle avec dédain et se détourne sans lui répondre. Lorsque Comète arrive à sa hauteur, il ne commente ni la grimace sur son visage ni le rouge honteux de ses joues.

— Très bien. Jolie prestation, Annabelle, tu es en seconde position, de peu après Lou, chuchote-t-il avec un demi-sourire.

— Merci, répond Bel sans réussir à cacher sa déception.

La seconde place ne sera pas suffisante à la fin. Mais Bel n'a pas dit son dernier mot et elle compte bien impressionner les Rennes lors de la dernière épreuve, le discours, sur laquelle elle travaille depuis des mois en secret. Son petit carnet dissimulé sous son oreiller est le témoin de ses nombreuses idées à ce sujet.

Malgré elle, Bel risque un coup d'œil en direction de son meilleur ami qui heureusement, lui tourne le dos. Les épaules et la tête basses, elle regrette de ne pas avoir répondu à son salut.

Un bonjour, ça ne tue personne !

Et puis, ses pensées reviennent aux résultats de la seconde épreuve et le manque total d'intérêt qu'a eu Lou pour sa propre performance. Sa colère pour son manque de sérieux lui fait vite oublier ses regrets et, la tête haute, Bel se force à afficher un sourire assuré avant de rejoindre sa famille. Eux, au moins, ont toujours respecté et encouragé leur fille à réaliser son rêve !

IV — Lou

Depuis la fin de l'épreuve des jouets, le nœud dans sa gorge ne s'est pas desserré. Comment peut-elle croire qu'il est indifférent ? Lou aussi rêve d'être Noël Master ! En cet instant, il ne saurait pourtant s'il est plus en colère contre elle ou contre lui-même. Tout chez Bel lui manque cruellement : son sourire, l'odeur de ses cheveux, leur complicité et, par-dessus tout, ses éclats de rire. Malgré ça, son cerveau a été capable de le manipuler assez pour qu'il remporte une nouvelle fois l'épreuve.

Lou aimerait tellement retrouver ce qu'il a perdu, mais ce qu'il aimerait par-dessus tout, c'est trouver le courage d'un jour lui proposer quelque chose de… plus.

Il faudrait déjà qu'elle t'adresse la parole, gros nigaud !

Riant de son propre malheur, Lou passe une main sur sa nuque. Ses mains n'ont jamais su quoi faire de toutes ces émotions qui le traversent quand il est au contact de Bel. Elles finissent toujours par faire quelque chose d'idiot, comme passer dans ses cheveux. Lou est épuisé de ses réactions illogiques.

C'est sans aucune difficulté que Lou a trouvé ses cinq jouets, passant le reste de l'épreuve à lorgner Bel en train de farfouiller dans sa hotte, sa tresse oscillant au rythme de ses mouvements. Il lui a toujours trouvé une grâce particulière. Comme si, naturellement, son corps se mouvait au rythme d'une musique intérieure. Lou la trouve charmante.

Alors qu'une nouvelle vague de chagrin le balaie, l'ombre d'une idée folle pointe le bout de son nez. Et les idées folles, c'est un peu sa spécialité, à Lou. Il a peut-être trouvé comment lui prouver qu'il prend ce tournoi au sérieux tout en lui montrant l'importance qu'elle a pour lui. Un petit sourire naît sur son visage. Armé de son petit carnet qu'il garde sur lui en permanence, il gribouille quelques mots sans prendre la peine de bouger de sa position assise. Heureusement pour son fessier, les vêtements du Monde Neigeux sont pensés pour résister aux climats les plus rudes !

Sans prêter attention à la foule qui acclame sa réussite à l'épreuve, il retranscrit de son écriture parfaite les détails auxquels il doit penser. Son père se matérialise soudain devant lui, toussote et lui tend la main. Il était si concentré sur son carnet qu'il ne l'a pas vu approcher.

Attrapant volontiers la main de son père qui le hisse sur ses pieds, ils échangent un regard complice. Le regard de son père glisse vers le carnet toujours dans sa main et revient vers lui.

— Je suis sûr qu'elle te pardonnera, déclare-t-il en ébouriffant la tête de son fils, elle ne pourra pas rester fâchée contre toi éternellement.

Rouge de plaisir, Lou hoche la tête, incapable de répondre. Il espère de tout son cœur que son père a raison.

V — Bel

— Les quatre finalistes pour aujourd'hui sont Lou, Annabelle Tesla et Jules. Bravo, annonce Comète de son filet de voix.

Sans rien ajouter, il tourne les sabots et retourne occuper son temps tel le Renne magique qu'il est. Personne ne sait vraiment ce que font les Rennes durant les autres mois de l'année. Ils se reposent certainement. Et s'entraînent. L'effort qu'ils doivent fournir le soir de Noël est titanesque.

C'est sans réelle surprise que Bel entend son prénom en seconde position, faisant naître une grimace amère sur son visage. Du coin de l'œil, elle voit Lou féliciter les deux autres vainqueurs. Bel secoue la tête avec un râle de colère, elle refuse d'accorder de l'attention à cette pointe de tristesse qu'elle ressent au fond d'elle ! L'a-t-il déjà oubliée ? Meilleurs amis depuis leur naissance, ils ne se sont jamais quittés et encore moins disputés de la sorte. Si seulement Lou comprenait à quel point le tournoi est important pour elle ! Au lieu de minauder et de distribuer des sourires charmeurs après les épreuves ! Il n'y met aucun cœur !

Arrête de penser à cet idiot blond !

Des années et des années d'entraînement et d'études intensives dans le seul but de décrocher ce précieux titre ! Alors que lui a ridiculement passé les épreuves haut la main sans avoir besoin d'y penser à deux fois. Bel n'oubliera jamais le jour où elle lui a demandé s'il voulait vraiment être Noël Master.

Comment pourrait-elle oublier l'expression incrédule de Lou, puis son rire après coup. Comme s'il ne s'agissait que d'un jeu pour lui. Il avait bien eu l'air de regretter après, mais Bel ne lui avait pas laissé l'occasion de se justifier, gardant dans un coin de son cœur la blessure qu'avait provoquée sa réponse.

Elle ne joue pas, elle. Elle rêve de remporter ce tournoi depuis toute petite, il n'y a rien de plus sérieux.

La tête plongée dans ses sombres pensées, Bel se retrouve dans un état de colère et de rancœur flamboyant. Aussi, au moment où Lou s'approche d'elle en ouvrant la bouche, il n'a pas le temps de parler que déjà, elle s'enfuit. Peut-être la peur de voir qu'elle a tort et qu'elle doit faire disparaître toutes ces émotions noires qui la rongent de l'intérieur ? Alors qu'elle allonge le pas, le vent fouette son visage rouge et emporte ses pensées.

Sa mère a toujours dit qu'un jour, son mauvais caractère lui jouerait des tours.

VI — Lou

Étendu sur son lit, les bras croisés derrière la tête, Lou ne cesse de se repasser la scène d'hier et la facilité avec laquelle Bel a ignoré sa présence. Son attitude blessante n'a fait que renforcer sa volonté de la retrouver. De faire rentrer dans sa tête de mule qu'il est sérieux à propos du tournoi et qu'il veut la récupérer !

Bel et lui partagent une complicité unique en son genre, pleine de douceur et de rires. Le genre de complicité qui est censée durer des années. Lou gémit en roulant sur le ventre. Le nez dans l'oreiller, il frotte ses cheveux avec force, à la recherche de LA solution. Son cerveau, pourtant si efficace pendant les épreuves, est incapable de fonctionner lorsqu'il en a vraiment besoin ! Lou et les émotions ne sont, eux en revanche, pas du tout complices. Dès qu'il est pris à la gorge par un sentiment puissant, il finit toujours par dire ou faire quelque chose qu'il regrette.

Mais avec Bel… il n'a pas le choix ! Il doit la récupérer. Leur relation est magique. Comme si leurs âmes étaient incapables de résister à l'appel l'une de l'autre.

Il faut que je garde cette phrase en tête pour le discours.

Tout comme les jouets, leurs âmes résonnent « juste ». Et séparément ? Elles sonnent tristement faux. Comment Bel peut-elle penser qu'il n'est pas sérieux ? Il a peut-être des facilités, mais combien d'heures ont-ils passées ensemble à se renseigner sur telle ou telle épreuve ?

Chaque fois qu'il voit sa longue tresse au loin, son cœur se serre de ne pas être près d'elle pour partager et échanger sur le tournoi. Lou soupire profondément sans changer de position. Même si son moral n'est pas au rendez-vous, il doit aller jusqu'au bout de la compétition pour mettre en œuvre son idée folle.

Cela fait des mois qu'il est décidé à lui parler sérieusement. Mais les mots se dérobent à chaque fois, l'obligeant à cacher sa gêne par un éclat de rire forcé.

Il cache depuis trop longtemps ce qu'il ressent vraiment. Bel n'aura pas le choix que d'écouter ce qu'il a à dire lors du discours. Ensuite, les cartes seront entre ses mains.

Mais son âme à lui brillera de mille feux, fière d'avoir résonné « juste » une nouvelle fois.

VII — Bel

— J'ai bien cru que tu serais en première place pour l'épreuve des jouets, s'exclame le père de Bel d'une voix bourrue, je suis si fier de toi !

Les émotions de son père débordent sans qu'il ne puisse rien faire. Tirant un mouchoir de sa manche, il essuie des larmes qui sont remplacées par de nouvelles la seconde d'après. Détournant les yeux pour lui offrir un peu de répit, Bel échange un regard attendri avec sa mère qui tapote le dos de son mari. Elles sont habituées à son émotivité exacerbée.

— Lou te devance de très peu, ajoute sa mère fièrement, mais après tout, c'est lui qui t'a montré comment trouver les jouets fabriqués par les anciens Noël Master.

— Je sais, oui, répond Bel sans pouvoir la contredire.

Loin de la réconforter, les mots de sa mère ne font que réveiller la jalousie qu'elle ressent à l'égard de son *ex*-meilleur ami. Même si Bel est tout à fait d'accord avec cette vérité. Il est d'ailleurs parfaitement logique que Lou ait terminé l'épreuve en premier. L'amertume ne s'envole pas pour autant. Amertume à laquelle elle s'accroche comme une moule à son rocher, avec acharnement.

Après le dîner, Bel embrasse ses parents et se réfugie sur le large rebord de sa fenêtre qu'elle a agrémenté de coussins moelleux et d'un plaid tricoté à la main. Sa grand-mère maternelle le lui a offert il y a trois ans déjà. Elle se roule si souvent dedans que le plaid ne cesse de s'effilocher de partout ; Bel ne compte plus le nombre de fois où sa grand-mère a dû lui raccommoder. Malgré les couleurs des fils qui jurent les unes avec les autres, elle l'adore.

Cet endroit est son préféré d'aussi loin que remontent ses souvenirs. Dès que Lou est entré dans sa vie, c'est devenu leur petit coin à eux deux, la fenêtre donnant sur le jardin recouvert de neige, puis sur la maison de Lou. Toujours fourrés l'un chez l'autre, ils ont grandi et rêvé ensemble. Planifiant leur vie ensemble, que ce soit pour devenir pirates ou éleveurs de rennes magiques, jamais leur plan ne les a séparés. Il aura fallu que le rêve de Bel soit la raison pour laquelle ils ne se parlent plus.

C'est ton caractère, la raison !

En soupirant, Bel dépose un film de buée sur la vitre. Lorsqu'une larme traitresse s'échappe de son œil, elle s'empresse de l'effacer, furieuse contre elle-même. Agir sous le coup de la colère est bien moins difficile que de revenir en arrière pour arranger les choses !

VIII — Lou

L'intégralité de sa penderie est étalée sous les yeux d'un Lou dubitatif. Bel et lui avaient prévu d'aller ensemble en ville pour trouver un manteau à poches et des bottes fourrées. Leur dispute a effacé ce léger détail de son esprit. À force de se noyer dans ses pensées moroses, voilà qu'il n'a ni l'un ni l'autre. Lui assurant une mort certaine et douloureuse pour l'épreuve de demain : la course de traîneaux.

La boutique a fermé quelques heures plus tôt. Raison pour laquelle il se trouve à présent devant ses vêtements, cherchant l'illumination qui le fera survivre au froid du Monde Neigeux. Lou se gratte le menton, pensif. S'il enfilait plusieurs couches de vêtements et finissait par un manteau de son père, cela pourrait suffire pour aller jusqu'à la fin de l'épreuve. Encore faut-il que le temps soit ensoleillé. Il n'a aucun moyen de connaître les prévisions pour demain et la neige est très capricieuse à cette époque de l'année. Et ne parlons pas du vent.

Peut-être que si je meurs congelé, Bel me pardonnera.

Sa bouche s'ouvre sur un large bâillement. Qui aurait cru que passer la journée à déprimer serait aussi épuisant ? Haussant les épaules, Lou sélectionne les pièces les plus chaudes de sa collection et range minutieusement les autres dans son placard. Il espère juste que son corps survivra au choc si jamais la météo n'est pas de son côté demain. Il n'aura qu'à finir l'épreuve avant tout le monde.

Tu vois ? Encore une raison d'être détesté ! Tu le fais exprès !

— Mais je ne le fais pas exprès ! chouine-t-il avant de se rendre compte qu'il a parlé à voix haute.

L'absence de sa meilleure amie est en train de le rendre fou. Aujourd'hui il parle tout seul, et demain ? Sans être pressé de découvrir la réponse, Lou brosse ses dents tout en réussissant à soupirer entre chaque coup de brosse. Quand il retourne dans sa chambre, son regard dérive sur la fenêtre de Bel, guettant la lumière familière de sa maison, mais tout est éteint.

Le cœur brisé, il ferme ses volets et s'écroule dans un sommeil sans rêves

IX — Bel

Emmitouflée dans sa parka toute neuve offerte par sa mère, Bel s'approche des quatre derniers participants, les sourcils froncés. Lou gigote étrangement. De loin, Bel a cru qu'il avait mal quelque part, mais elle réalise la raison en arrivant à sa hauteur. Il a empilé tellement de vêtements sur lui que cela entrave ses mouvements.

Qu'est-ce qu'il fabrique ? Il n'aurait quand même pas oublié d'acheter un manteau !

Il suffit à Bel de regarder Lou pour savoir qu'elle a deviné juste. Une expression coupable sur le visage, elle remonte son écharpe sous son nez et file à l'opposé d'où se trouve le pauvre Lou. Au même moment, des tintements joyeux résonnent dans le ciel. Le groupe de Rennes apparaît au complet, descendant vers eux avec grâce, Rudolph en tête, l'éclat de sa truffe s'éteignant au fur et à mesure de leur descente. Viennent ensuite Éclair et Cupidon, leur robe tirant sur le gris. Derrière eux, Comète, qui n'a presque pas de blanc dans sa robe, et Danseuse qui, elle, est totalement blanche. Tornade et Tonnerre ont des robes beiges identiques, excepté deux taches noires au niveau des yeux de Tornade. Enfin, Furie et Fringuant. Fringuant est totalement beige, hormis ses quatre pattes qui sont foncées. Furie, la plus petite du groupe, possède un corps fin et musclé.

Tous sont fascinés par l'arrivée majestueuse des Rennes qui sont tous plus ou moins saupoudrés de neige étincelante. Il n'existe pas d'animal plus puissant et magnifique dans le Monde Neigeux et c'est toujours un spectacle que de les voir voler en formation parfaite, témoignant des années de vol qu'ils ont partagées.

Une fois les Rennes posés au sol, les finalistes les applaudissent avec respect avant d'être rejoints par la foule. Sans les Rennes, Noël n'existerait pas. Ils sont le cœur et l'âme de cette saison. C'est grâce à la magie contenue dans leurs sabots qu'il est possible de traverser le voile qui sépare ce monde du monde humain et le passage est si brutal qu'il n'est possible pour eux de le faire que deux fois dans l'année : une fois pour passer et l'autre pour revenir.

Le Noël Master a son rôle à jouer, évidemment.

Les Rennes se chargent du passage et du transport, mais c'est au Noël Master qu'il revient de guider le traîneau pour livrer les cadeaux. L'effort que les Rennes déploient ce soir-là les empêche d'en faire plus.

Bel s'imagine déjà à bord du traîneau pour la nuit de Noël. Cette image ancrée dans son cerveau lui donne la force et la motivation nécessaires pour l'épreuve à venir.

La course de traîneaux est l'une des épreuves qu'elle redoute le plus.

X — Lou

Tornade avance vers eux pendant que les autres Rennes partent chercher les traîneaux dans un joyeux concert de cloches. Les Rennes adorent cette épreuve, évidemment. Tornade est le seul à l'expression sérieuse ; préparant sa magie, il baisse sa tête et laisse ses bois racler le sol pour se couvrir d'une très fine couche de neige. Lorsqu'il la relève, entraînant dans son élan une fine pluie scintillante, il frappe une fois le sol de ses puissants sabots. Un flash lumineux claque dans l'air froid. L'instant d'après, quatre clones blancs apparaissent aux côtés du Renne. Entièrement constitués de neige, les clones vont se placer directement devant chaque traîneau aligné près de la ligne de départ. Les participants devront eux-mêmes les harnacher et les guider pendant la course. Tornade n'infuse que sa vitesse à l'intérieur de ses clones. Ainsi, les candidats sont jugés sur leur capacité à conduire le traîneau tout en faisant preuve d'ingéniosité pendant la course.

— Je peux attribuer les traîneaux ? demande Danseuse avec excitation.

— C'est mon épreuve, fait remarquer Tornade avec un sourire dans la voix.

Avec sa robe blanche et sa douceur naturelle, personne ne résiste à Danseuse. Trépignant sur place, Tornade accepte sa demande. Il donne un nouveau coup de sabot et fait apparaître sur l'un de ses bois une énorme cloche en métal. Pendant ce temps, la Renne blanche s'approche de chaque participant et passe son museau sur la main de chacun. Sa magie y inscrit un numéro correspondant à l'un des véhicules. Arrivée à la hauteur de Lou, Danseuse murmure des encouragements d'une petite voix douce. Lou lui tend sa main et doit tirer ses nombreuses manches en arrière pour qu'elle puisse atteindre sa peau. Son traîneau est celui le plus à droite. Sans attendre, il s'y dirige et harnache d'une main compétente le clone de Tornade. Il ne bouge absolument pas, ce qui lui facilite la tâche. Les trois bonnets qu'il a enfilés sur sa tête réduisent largement son champ de vision. Il ne voit que ce qui se trouve juste devant son nez, un clair désavantage pour la course à venir.

— Des drapeaux rouges vous indiqueront le chemin, vous ne pouvez pas vous perdre, explique Tornade d'une voix puissante et enthousiaste. Bonne chance à tous !

Se cambrant avec agilité, Tornade retombe sur ses pattes avant dans un fracas retentissant. La foule explose en cris d'encouragement. Dans un mouvement presque parfaitement synchronisé, les participants s'élancent dans la forêt, Bel en tête.

XI—Bel

Tesla et Jules talonnent Bel de peu. Visiblement gêné pour manœuvrer les rênes, Lou est en retard derrière. Sans se laisser le temps de savoir si c'est une idée intelligente, Bel freine brusquement en se décalant vers la droite, bloquant le passage aux deux participants dans son dos. Lou gagne de précieuses secondes et s'engouffre dans le passage que Bel a créé. Il se retrouve presque coude à coude avec les deux autres finalistes.

Pour m'excuser de ne pas l'avoir accompagné au magasin, se justifie-t-elle mentalement avant de lancer son Renne cloné au triple galop. Lou, les ayant rattrapés, dépasse Jules qui s'est embourbé dans une poche de neige fondue. Tesla et Lou sont à présent côte à côte et tentent de se pousser l'un l'autre sans succès. Bel est satisfaite et reporte son attention sur la course ; hors de question que Lou finisse premier, il ne faut pas exagérer non plus ! De toute façon, Bel sait très bien qu'elle ne finira pas première sur cette épreuve, ses bras sont sa faiblesse. En être consciente ne l'empêchera pas de tout donner pendant la course. Tout en serrant les rênes dans ses mains, elle risque un nouveau regard en arrière.

Tesla double Lou avec une aisance déconcertante. S'il n'était pas ainsi enroulé dans autant de vêtements contraignant ses mouvements, il serait déjà loin devant Bel.

Quel idiot !

Avec désarroi, Bel voit Tesla se rapprocher de plus en plus près de son traîneau et éviter chaque tentative de blocage avec fluidité. Un virage apparaît soudain et, profitant de la surprise de Bel, Tesla s'élance, son traîneau mordant les branches et l'herbe enneigée sans perdre de vitesse. Elle se retrouve alors en première place, Bel, les bras en feu, sur les talons. Sans relâcher ses efforts, Bel ignore la douleur brûlante qui irradie dans ses muscles et ne se laisse pas distancer par Tesla qui n'a plus personne devant elle pour la ralentir.

Au loin, Bel aperçoit le village et sa grande banderole multicolore qui annonce la fin de la course. Un râle d'impuissance s'échappe de ses lèvres glacées. Bel sent ses forces l'abandonner, elle encourage le clone de Tornade à se dépasser. Comme s'il avait compris son appel désespéré, le Renne de neige allonge son pas, collant dangereusement le traîneau de Tesla.

XII — Lou

Lou se débat furieusement avec l'une des deux écharpes enroulées autour de son cou lorsqu'une branche lui cingle la joue, laissant une coupure ensanglantée sur son passage. Il était si concentré sur ce qu'il faisait que la branche a failli lui arracher l'œil. Enfin, l'écharpe en laine se détache. Lou la laisse s'envoler, respirant mieux après son départ, mais claquant des dents plus fort.

Depuis le début de la course, il ne sent presque plus ses mains, raison pour laquelle la trajectoire de son traîneau est si chaotique. Par un coup de chance, le traîneau de Jules s'est retrouvé coincé en chemin, laissant Lou prendre une avance importante. Tesla, qui lui a faussé compagnie très rapidement, et Bel sont déjà très loin. Après un virage où son traîneau tangue dangereusement sur le côté, Lou aperçoit enfin la ligne d'arrivée et les traîneaux de Bel et Tesla en position presque parallèle.

Ensemble, il les voit traverser la ligne d'arrivée sous un tonnerre d'applaudissements et sifflements ravis. Lou est si concentré sur la silhouette de Bel qu'il ne remarque pas que la ligne d'arrivée est déjà à sa hauteur. Quelque chose dans la posture de sa meilleure amie le met immédiatement en alerte. Un mauvais pressentiment l'assaille. L'instant d'après, il franchit la ligne d'arrivée en remportant la troisième place. Il a à peine le temps de s'en réjouir que Bel vacille.

Plus rien autour de lui n'existe alors. Ni le bruit, ni l'air glacé, ni même ses mains engourdies. Il saute de son traîneau et court à toute vitesse dans sa direction, laissant vestes, écharpes et gants dans son sillage.

Bel s'écroule lorsqu'il arrive à sa hauteur, profitant de son élan pour sauter dans son traîneau. Et il l'attrape de justesse.

— Bel ! s'écrie-t-il, inquiet.

Ses yeux papillonnent et son visage est d'un blanc inquiétant. Elle a beaucoup trop forcé pendant la course et n'a plus d'énergie. Lou est rapidement rejoint par Adam, le frère aîné de Bel, suivi de près par son père alarmé.

— Heureusement que tu es arrivé aussi vite ! s'exclame Adam, essoufflé.

— Oh ! Merci Lou ! sanglote le père de Bel d'une voix débordante d'inquiétude. Je vais la ramener à la maison.... Mon pauvre flocon de neige est épuisé....

XIII — Bel

Bel ouvre difficilement les yeux sur le plafond de sa chambre. Déboussolée, elle tente de se redresser, mais ses bras sont si douloureux qu'elle retombe immédiatement sur ses oreillers. Un petit gémissement plaintif lui échappe et la seconde d'après, ses deux parents débarquent dans la chambre, affolés.

À croire qu'ils attendaient juste derrière la porte !

— Je vais bien, je vais bien, dit-elle d'une voix rassurante sans réussir à cacher son amusement.

— Oh, ma chérie, nous avons eu si peur ! s'exclame sa mère, les yeux humides.

Son père, qui pleure déjà de soulagement à chaudes larmes, s'affale au pied du lit, incapable de parler. Bel aurait aimé lui prendre la main pour le réconforter, mais elle se résigne à simplement lui tendre la sienne, ce simple effort la faisant grimacer. Son père la lui attrape en reniflant bruyamment. Bel éclate d'un rire joyeux. Ses parents sont adorables.

— Que s'est-il passé ? Comment suis-je arrivée ici ? demande-t-elle d'une voix éreintée.

Elle savait que l'épreuve lui coûterait, mais pas à ce point.

— Tu t'es évanouie juste après la ligne d'arrivée, nous n'avons pas eu le temps de réagir.

— C'est pour ça que j'ai aussi mal au bras ? Je suis tombée ? s'inquiète Bel en cherchant des blessures des yeux.

— Oh, non ! Heureusement, tu n'as pas eu le temps d'atteindre le sol !

— Qui… ?

Ses parents échangent un regard gêné qui en dit bien assez pour Bel. Elle devine aisément la réponse. *Lou.*

— Il est arrivé avant tout le monde, comme s'il savait que tu allais tomber. Tu es arrivée en première place et nous étions si heureux, nous avons tous été choqués quand tu es tombée… bafouille son père qui a enfin retrouvé sa voix.

— Je suis arrivée première !? s'exclame Bel, folle de joie.

— Oui, ma chérie ! Tu as été merveilleuse ! s'écrie sa mère.

Bel rougit en imaginant les bras de Lou la sauver d'une chute qui aurait pu être grave. C'est malin ! Elle est obligée de le remercier, maintenant. Lou la connaît par cœur, ce n'est donc pas étonnant qu'il ait réagi aussi vite. Son instinct est parfaitement aiguisé.

Surtout lorsque Bel est concernée.

XIV — Lou

N'y tenant plus, Lou enfile son manteau fin, des bottes et son bonnet avant de sortir. Depuis qu'il a déposé Bel dans les bras de son père, il n'a qu'une idée en tête : s'assurer qu'elle va bien. En étant rationnel, Lou pourrait se dire que Bel est en pleine santé. Que l'épuisement l'a fait vaciller et qu'elle doit déjà être sur pied, mais il préfère vérifier par lui-même.

Par habitude, il grimpe à l'arbre du jardin qui donne sur la chambre de Bel. Au moment d'ouvrir le battant, Lou tombe nez à nez avec sa meilleure amie. Aussi surpris l'un par l'autre, ils restent figés en silence. Puis, Lou tente un sourire gêné qui laisse voir à quel point il est soulagé de la voir. Bel, elle, grimace en rougissant.

Adorable.

— Qu'est-ce que tu fais là ? demande-t-elle d'une voix irritée à travers la vitre.

Même fâchée, tu es adorable.

Lou passe une main dans son dos en ricanant bêtement avant de se rappeler qu'elle lui a posé une question. Son attention ne cesse de revenir vers ses cheveux qui rebiquent dans tous les sens, signe qu'elle sort à peine de son lit. Sa crinière lui donne un air un peu sauvage. Lou est fasciné. Alors que son cerveau lui fait défaut une nouvelle fois, il déglutit, cherchant quelque chose à dire.

— Tu vas mieux, constate-t-il dans un souffle, je voulais juste te voir pour m'en assurer.

— Tu as vu, lâche-t-elle, l'air d'avoir envie d'ajouter quelque chose.

Bel ne dit cependant rien de plus. Ses joues se colorent d'une délicieuse teinte rosée et agacée, elle repousse sa natte avec un peu trop de force et elle vient lui fouetter la joue opposée. Son visage se colore davantage. Amusé, Lou plisse ses yeux pour s'empêcher de sourire.

— J'ai vu, acquiesce-t-il.

Voyant qu'elle n'ajoute rien, il soupire discrètement et pose un pied sur la branche pour entamer une descente. Il sent le regard de Bel qui lui réchauffe la peau, mais elle reste silencieuse. Juste avant de sauter de l'arbre, il tourne finalement la tête vers elle et déclare solennellement :

— Je suis sérieux à propos du concours. Je suis désolé que tu aies pensé le contraire, mais je suis sérieux. Tu as été incroyable aujourd'hui.

Lou a déjà traversé la moitié du jardin lorsqu'il entend Bel ouvrir sa fenêtre.

— Merci. De m'avoir rattrapée, lance-t-elle, les joues en feu.

— Je serai toujours là pour te rattraper, Bel, murmure-t-il.

XV — Bel

Bel reste accoudée à la fenêtre longtemps après que la silhouette de Lou a disparu, à moitié tentée de le retenir et d'en finir avec cette dispute. C'est la première fois qu'elle voit Lou s'exprimer avec autant de sérieux. Et l'intensité de son regard lorsqu'il a parlé du concours… Bel a eu l'impression qu'il ne parlait pas seulement de ça… Son cœur bat encore à la chamade, mais elle refuse de réfléchir à la raison.

Depuis le départ de Lou, le rouge n'a pas quitté les joues de Bel. Et c'est l'âme à vif qu'elle s'habille.

Aujourd'hui, c'est la dernière épreuve, celle qui déterminera qui de Tesla, Lou ou elle sera Noël Master cette année. Aujourd'hui, c'est l'épreuve la plus délicate et importante pour Bel.

L'épreuve du discours.

Pour l'occasion, le village entier se réunit dans l'amphithéâtre creusé sous la neige. Éclairé par une multitude de flocons lumineux, l'endroit brille d'une magie ancestrale. Souvent utilisé pour les spectacles et autres réunions importantes, il a été construit en même temps que la ville. Les habitants du Monde Neigeux ne cessent de l'embellir grâce à leurs inventions plus jolies les unes que les autres.

Les Rennes sont déjà sur scène, chuchotant entre eux avec excitation. Tesla et Lou sont assis au premier rang, la mine sérieuse. Lou lui fait un signe timide de la main et Bel est surprise de le voir rougir lorsqu'elle s'approche.

Cupidon se retourne au moment où Bel prend place aux côtés des participants, réclamant le silence en agitant ses bois recouverts de petites clochettes pour l'occasion. La foule se tait immédiatement.

— Cette année, nous avons décidé de modifier légèrement cette épreuve. Il y aura dorénavant deux parties. La première, un entretien avec l'intégralité des Rennes et la deuxième partie, le classique discours ici même, devant vous, déclare-t-elle joyeusement en regardant les participants avec bienveillance.

Lou et Bel tournent la tête en même temps l'un vers l'autre et échangent un sourire complice en découvrant leur parfaite synchronisation. Et d'une même voix chuchotée, ils disent : « Pardon. » Puis discrètement, ils éclatent de rire, rougissant tous les deux de leur idiotie. Tesla lève les yeux au ciel et croise ses bras, son attention retournant vers la scène.

XVI — Lou

Lou est le premier à passer l'entretien avec les Rennes. S'avançant avec une confiance qu'il est loin de ressentir, il adresse un dernier sourire à Bel. Le nœud de sa gorge se relâche largement lorsqu'elle lui répond. Une vision de lui-même retournant sur ses pas pour lui voler un baiser s'impose à lui, raison pour laquelle il entre dans la pièce où les juges sont réunis le visage en feu. Il n'y a pas de chaise, alors il se place simplement devant eux.

— Lou, comment te sens-tu après ces nombreuses épreuves ? demande Cupidon avec chaleur.

— Parfaitement bien, merci.

— Ce premier entretien va se dérouler de la manière suivante : nous allons tour à tour te poser une question à laquelle nous attendons la réponse la plus honnête possible. Qu'en penses-tu ? demande-t-elle, les yeux brillants de malice.

— Eh bien, c'est sûrement moins intimidant que le discours devant une foule. Une manière d'apprendre à connaître les participants. C'est une bonne idée, répond Lou en se grattant la tête sans avoir conscience qu'il vient de répondre à la première question.

S'avance alors Rudolph dont la truffe a retrouvé une couleur normale.

— Quelles sont d'après toi les qualités nécessaires au Noël Master ? demande-t-il en remuant légèrement la tête.

— Je dirais qu'il faut quelqu'un de rapide et d'efficace, commence-t-il, mais il doit avant tout être quelqu'un de bien.

Rudolph ne laisse rien transparaître de ce qu'il pense de sa réponse et se recule pour laisser Danseuse avancer gracieusement de quelques pas, un sourire dans les yeux.

— Quelle épreuve as-tu préférée ?

— L'épreuve des jouets, répond immédiatement Lou.

— Peux-tu nous dire pourquoi ?

La question de Furie arrive si vite que Lou pense qu'elle n'avait pas prévu de la poser à l'origine. Rougissant de plus belle, Lou ouvre la bouche pour répondre, gêné d'expliquer la raison, mais choisissant l'honnêteté, il ouvre son cœur aux juges.

De toute façon, il faudrait être aveugle pour ne pas en deviner la raison… Aussi aveugle que la personne concernée !

XVII — Bel

— L'épreuve des jouets, répond spontanément Bel.

Les mots se sont échappés de ses lèvres sans qu'elle y réfléchisse.

— Oh… ! Pourquoi ? questionne Furie, les yeux brillants.

— Parce que… euh..

— Nous ne jugerons pas, ne t'inquiète pas, affirme Cupidon de sa voix douce.

Les autres Rennes confirment ses paroles en hochant la tête.

— Eh bien, c'est un peu idiot. C'est Lou qui m'a montré comment faire pour cette épreuve. Nous avons passé beaucoup d'heures à nous entraîner. Ce sont de bons souvenirs. Très bons, même, finit-elle par murmurer en tripotant sa tresse nerveusement.

— C'est amusant de voir que Lou et toi partagez cette réponse, presque exactement mot pour mot, remarque Furie avec un large sourire attendri.

La pauvre Bel s'empourpre de plus belle sans savoir quoi répondre. Sa natte ressemble de moins en moins à quelque chose à force d'être malmenée par ses doigts agités.

Tonnerre s'avance alors, sa question sérieuse la sauvant de sa gêne apparente.

— As-tu déjà choisi où tu veux travailler après Noël ?

— Je voudrais travailler à l'atelier de réparation des jouets, dit-elle après avoir réfléchi quelques instants.

Une idée qu'elle a toujours eue dans un coin de sa tête et qui lui plaît énormément. Son affinité pour les jouets ne pourrait que l'aider dans sa tâche. Surtout qu'elle sait comment donner assez de valeur pour faire résonner un jouet.

Tonnerre hoche la tête et laisse sa place à Fringuant.

— Si tu devais ajouter une épreuve à ce concours, quelle serait-elle ?

Cette question prend totalement Bel au dépourvu, mais les Rennes ne la pressent pas et lui laissent le temps d'y penser correctement.

— Une épreuve amusante, finit-elle par proposer avec timidité, comme une bataille de boules de neige ?

Les Rennes partagent un sourire attendri lorsqu'elle relève la tête pour voir leur réaction.

L'idée semble énormément leur plaire.

XVIII — Lou

Alors que Bel est en entretien, Lou peaufine son discours dans sa tête, mâchonnant son crayon inconsciemment. Tesla, assise à sa droite, se tourne vers lui, ayant visiblement l'intention de faire la conversation.

— Comment s'est passé l'entretien ? C'est dur ? l'interroge-t-elle, l'inquiétude de sa voix trahissant son expression pourtant calme.

— Non, pas du tout, ils te posent des questions sur toi, sur les épreuves, vraiment rien de vicieux. Ne t'en fais pas, ils veulent en savoir plus sur nous, je pense, la rassure-t-il gentiment.

Respirant un grand coup, Tesla soupire et frotte ses mains sur son pantalon. Lou et elle ne sont pas particulièrement proches, mais il n'est pas du genre à laisser quelqu'un se torturer l'esprit sans rien faire pour l'apaiser. Posant de côté son carnet et son crayon, il se tourne vers elle avec son éternel sourire de gamin sur le visage.

— Tu sais, je suis sûr qu'ils seront épatés par tes réponses. Tu es très imaginative. J'ai vu comment tu as réussi l'épreuve d'agilité, en utilisant ton cerveau plus que ton corps. Le seau pour ne pas toucher le sol ? C'était une excellente idée. Les juges ont adoré ! Alors que nous, nous sautions comme des idiots ! s'exclame Lou en explosant de rire.

Il n'ajoute pas qu'il était si occupé à regarder Bel voltiger gracieusement d'un pied à l'autre qu'il a failli tomber plus d'une fois. Sa meilleure amie occupe la majeure partie de ses pensées. Sachant très bien pourquoi, Lou n'a juste jamais vraiment posé les mots dessus.

Bientôt.

— Oh, c'est gentil ! Ah, ah ! C'est vrai que vous voir sauter comme des kangourous ivres était hilarant, répond Tesla avec un petit rire malicieux. Tu as toujours su me faire rire, Lou.

Tesla pose sa main sur son bras dans un geste amical et Lou le lui tapote en riant avec gêne, peu habitué à avoir des contacts avec une autre personne que sa meilleure amie. Mais Tesla ne semble pas le voir et laisse sa main sur son bras un brin trop longtemps au goût de Lou. Il aurait mille fois préféré que la main de Bel remplace celle de Tesla.

XIX — Bel

À la sortie de son entretien, Bel aperçoit Lou assis avec Tesla, passant de toute évidence un très agréable moment. Une colère froide rugit soudainement dans sa tête, oblitérant toute pensée cohérente.

D'un pas lourd, elle avance dans leur direction et se plante devant eux en croisant les bras, les yeux lançant des éclairs.

— C'est ton tour, Tesla.

Bel ne reconnaît pas sa propre voix tant elle déborde de venin. Lou et Tesla sursautent de concert. Cette dernière récupère sa main, si vivement que ça en est suspicieux. Bel n'est pas complètement idiote non plus. Elle a bien vu comment Tesla regardait Lou à l'instant.

Avec sa touffe blonde et son air idiot ! Il est totalement aveugle aux yeux de biche qu'elle lui lance.

Bel n'a d'yeux que pour Tesla qui rougit de minute en minute sous l'assaut de ses prunelles noires. Et lorsque les mots atteignent enfin le cerveau de Tesla, celle-ci se lève d'un bond et marche tel un robot rejoindre les Rennes. Bel souffle fort, la tension dans ses épaules se dispersant. Elle se sent ridicule après son accès de colère. Elle aurait été bien incapable de se retenir tant l'afflux de sang a noyé sa tête. Ses yeux trouvent ceux de Lou qui la scrutent étrangement, l'expression rêveuse. Un sourire apparaît alors sur son visage. Il saute sur ses pieds et, par habitude, attrape la main de Bel. Chose qu'il a toujours faite avant de lui parler, comme pour s'assurer d'avoir la pleine attention de sa meilleure amie.

Bel ne lui a jamais avoué que c'était inutile, trop heureuse de sentir ce doux contact.

C'est parce qu'il est gentil, voilà tout !

— Alors ? C'était comment ?

La voix de Lou se mêle au fil de ses pensées et ravive cette douleur qui existe au plus profond de Bel et qu'elle refuse de reconnaître. Aurait-elle été si aveugle de croire qu'elle avait une place spéciale dans le cœur de Lou ? Alors qu'il suffit de le regarder sourire pour comprendre qu'il se comporte ainsi avec tout le monde…

— Très bien, merci, répond-elle la gorge serrée en récupérant sa main un peu brusquement.

Lou hausse les sourcils, confus. Mais Bel ne se sent pas capable de lui expliquer ce qui se passe et, sans dire un mot de plus, elle le plante là. Lorsqu'elle atteint la sortie de l'amphithéâtre, elle agrippe douloureusement sa tresse, déçue par sa propre attitude et reconnaissant le sentiment qui l'a envahie un peu plus tôt. Ou plutôt, le sentiment qui l'a frappée de plein fouet aujourd'hui, mais qu'elle connaît depuis longtemps sans jamais avoir eu le courage de le nommer.

La jalousie.

XX — Lou

Lou récupère son crayon et son carnet, complètement perdu.

Que vient-il de se passer ?

De sa vie, il n'a jamais eu aussi peur que maintenant. Peur de comprendre. Peur d'espérer de tout son cœur, de toute son âme, d'avoir raison. Mais il ne peut pas se tromper. Il n'a pas rêvé ni inventé les réactions de Bel ! Un sourire béat s'installe sur son visage. Son cœur rugit de joie à l'intérieur de sa poitrine, lui coupant le souffle.

Bel est jalouse de Tesla. Et ça, ça veut forcément dire qu'elle ressent quelque chose pour lui ! Au moins un petit peu. Lou est fou de joie. Et d'amour.

Bien enfoui sous cette peur viscérale qu'il a de perdre sa meilleure amie pour toujours, se cache son besoin d'être à ses côtés. Aurait-il tort de croire que ses sentiments sont partagés ?

L'épreuve du discours sera parfaite pour le découvrir. Il faudra au moins toute une foule pour entendre sa vérité. Et être témoin lorsqu'il se libèrera de ses chaînes qu'il a posées autour de son cœur qui bat si fort en secret depuis des années.

Les idées venant plus vite les unes que les autres, Lou rédige furieusement sur son carnet, totalement dans sa bulle. Quelqu'un toussote avec insistance. Devant lui se trouve Tesla. Ses yeux sont écarquillés. Lou remarque que ses yeux sont posés sur son carnet et comprend son expression chamboulée. D'un geste rapide, il le referme, mais trop tard : Lou voit bien que Tesla en a lu assez pour comprendre ce qu'il a l'intention de faire.

Elle inspire un grand coup, puis tapote son épaule en lui souhaitant bonne chance. Lou n'a pas le temps de lui répondre qu'elle s'enfuit.

Décidément, ça devient une habitude de faire fuir les filles !

Lou croit entendre renifler Tesla lorsqu'elle sort, mais il ne la suit pas, ne sachant pas ce qu'il pourrait dire pour l'apaiser de toute façon.

Retournant à son carnet, il sourit en relisant la dernière phrase qu'il a écrite.

Oui, c'est parfait !

Son discours, Lou veut en faire une déclaration. La plus honnête et la plus douce possible. Qu'elle soit le reflet de ce qu'il ressent pour sa meilleure amie depuis qu'il la connaît. L'amour n'est pas simple à décrire, mais lorsqu'il s'agit d'âme sœur, on se doit d'être particulièrement pointilleux.

XXI — Bel

Bel n'a pas fermé l'œil de la nuit. Peut-être à cause de sa subite prise de conscience concernant Lou ou l'épreuve du discours à venir. Bel n'est pas quelqu'un que l'on pourrait qualifier de « timide ». Encore moins quelqu'un qui recule devant les challenges. Aussi, si elle doit être honnête avec elle-même, Bel sait très bien que ce n'est pas le discours qui l'angoisse, mais d'affronter quelque chose d'encore plus terrifiant.

Lou et ce qu'il représente pour elle.

Idiote.

Avec ses cheveux dans tous les sens et son sourire de gamin, Lou attire naturellement la sympathie des gens. D'humeur égale et toujours joyeuse, son caractère ne pourrait pas être plus avenant. Tout cela pour dire qu'elle comprend Tesla. Même si elle lui aurait bien arraché les yeux hier. Après avoir démêlé ses cheveux avec bien plus de force que nécessaire, Bel termine de natter sa longue chevelure brune. Ignorant les deux taches écarlates qui ornent ses joues depuis hier.

Idiote. Idiote. Idiote.

Comment pourrait-il ressentir quelque chose pour elle ? Elle et son caractère de cochon ! Impulsive et fière, elle n'a pas autant de qualités que Lou.

Bel soupire bruyamment, excédée par ses propres pensées. Aujourd'hui, elle doit mettre de côté ses émotions, car c'est aujourd'hui que tout se joue. Aujourd'hui que se présente sa dernière chance d'être Noël Master cette année.

Après avoir relu encore et encore son discours hier, Bel a voulu le dire à voix haute devant sa vitre, mais ses pensées pour Lou ne l'ont pas laissée s'entraîner en paix. Quelle piteuse Noël Master elle ferait si elle se laissait dépasser par ses émotions le soir de Noël ?

Une fois prête, elle prend le chemin de l'amphithéâtre. Et plus vite qu'elle ne le pense, la voilà positionnée devant une foule attentive. Elle n'a pas entendu un seul mot du discours de la pauvre Tesla.

— Vous m'avez demandé pourquoi je devrais être choisie pour devenir Noël Master cette année, voici ma réponse : j'en rêve depuis toute petite. Je m'entraîne pour ce moment précis depuis toute petite. Mes nuits sont remplies d'épreuves depuis toute petite. J'ai des étoiles dans les yeux rien que de penser à ce moment précis où nos honorables Rennes prennent leur envol pour le monde humain. Des fourmis dans les mains en imaginant mes doigts sur le traîneau, le vent dans mes cheveux et le sourire à mes lèvres…

XXII — Lou

— Je voudrais donner le même sourire aux enfants. Choisissez-moi et je ne vous décevrai pas.

Bel termine son discours sous les hourras et les applaudissements respectueux des Rennes. Sans perdre une seconde, Lou est appelé ensuite. Sa main dans ses cheveux pour tenter de les discipliner lui vaut plusieurs rires de la foule. Abandonnant sa tignasse, il avance et prend la parole. Le discours le plus important de sa vie en tête.

— Le Noël Master, quel genre de personne doit-ce être ? Une personne pleine de courage et de passion. Vive et énergique. Qui aime son prochain et protège les personnes qu'elle aime. Cette personne doit mériter votre confiance à tous ! Et être animée d'une flamme pour cette position incroyable qu'on lui offre. Si cette personne pouvait avoir un visage d'ange et un style incroyable, cela ne pourrait pas faire de mal, plaisante Lou en récoltant quelques sifflements appréciateurs. Le Noël Master doit reconnaître ses faiblesses et, malgré tout, donner son maximum, le sourire aux lèvres, encourageant les autres à se dépasser. Vous savez, je connais la personne parfaite pour cette position. Une personne qui en a rêvé toute sa vie depuis que je la connais.

Lou reprend son souffle, le rouge envahissant vivement son visage. Sa dernière phrase fait naître un silence choqué dans la salle. La foule boit avidement ses paroles, les yeux brillants. Il se tourne finalement vers Bel et lui fait un clin d'œil. Ses mains tremblent, son cœur tambourine dans sa poitrine.

— Cette personne, ce n'est pas moi. C'est Bel. Choisissez-la, parce qu'elle en rêve depuis toute petite, parce qu'elle a travaillé dur pour être Noël Master. Jamais vous ne trouverez une candidate plus passionnée que Bel. Et choisissez-la aussi parce que je l'aime. Je l'aime tellement, lance Lou avec émotion avant de lui adresser les prochains mots directement. Bel, je t'aime comme un fou.

Lou se racle la gorge avant de reprendre, à l'attention du public :

— Je l'aime de tout mon cœur et rien ne pourrait la faire sourire plus fort que d'être choisie Noël Master cette année. Et ce sourire ! Il ferait fondre la neige de notre monde !

La foule reste muette, puis, soudain, d'un même mouvement, elle se lève en hurlant et en applaudissant. Même les Rennes frappent le sol de leurs sabots et remuent la tête tant le discours leur a plu.

XXIII — Bel

Les paroles de Lou s'imprègnent avec une lenteur impossible dans son cerveau. Il a dit qu'il l'aimait. Comme une sœur ? Comment l'aime-t-il ? Il n'a pas précisé et Bel ressent un puissant besoin de connaître la réponse.

Arrête de faire l'autruche ! Il t'aime exactement comme toi tu l'aimes !

Son cœur se gonfle sous le choc. Des larmes qu'elle n'a même pas senties monter coulent le long de ses joues. La foule se tourne vers elle, attendant sa réaction plus impatiemment que le choix des Rennes. Jamais encore on n'avait vu pareil rebondissement lors du tournoi du Noël Master. Mais Bel ne voit rien de tout ce qui se passe autour d'elle. Lou et elle sont comme dans une bulle, le regard accroché l'un à l'autre. Chacun attendant la réaction de l'autre. Le premier mouvement. N'entendant ni les hourras de la foule ni les encouragements chuchotés.

La bulle éclate au moment où Bel s'élance en direction de Lou. Oubliant ses peurs, oubliant le regard des autres, l'esprit totalement concentré sur lui. Celui qui fait battre son cœur, celui qui n'a pas son pareil pour la faire sourire, celui qui la pousse à toujours aller de l'avant, celui qui apaise ses peurs et lui prête son épaule.

Une à une, les émotions enfouies au plus profond de son être surgissent alors que ses pas la rapprochent de Lou qui la regarde avec une telle adoration que de nouvelles larmes remplacent les autres. Des larmes de joie, de soulagement, d'amour.

Bel se jette dans les bras ouverts de Lou, sa bouche trouvant la sienne si naturellement que la foule a du mal à croire que c'est la première fois qu'ils s'embrassent. Leurs dents s'entrechoquent tant ils sourient l'un et l'autre avec un bonheur évident.

— Ça veut dire que tu m'aimes aussi ? demande Lou en jouant avec sa longue tresse, n'arrivant plus à détacher ses yeux d'elle.

— Évidemment, idiot !

— Je préférais être sûr, dit-il avant de l'embrasser à nouveau.

— Je n'arrive pas à croire que tu aies fait ça ! s'écrie Bel entre chaque baiser. Mais… et la compétition ?

— Mon bonheur, c'est toi. Ça a toujours été toi, Bel.

XIV — Lou

Lou est si heureux d'avoir Bel contre lui qu'il en oublie totalement que le tournoi n'est pas terminé. La foule et les Rennes leur ont laissé un moment après son discours. Plusieurs personnes reniflent et se frottent les yeux, elles aussi submergés d'émotion.

Échangeant des sourires entendus, les Rennes réclament le silence en secouant leurs bois remplis de clochettes. Contrairement à d'habitude, la foule met un moment à se calmer.

— Nous allons nous retirer et annoncer le vainqueur lors du bal d'ici quelques instants. Merci à tous, déclare Rudolph, la truffe si luminescente qu'elle trahit ses émotions.

Lou et Bel ne bougent pas d'un centimètre, trop occupés à se murmurer leurs sentiments d'une voix douce.

— Tu es fou d'avoir dit ça ! Devant tout le monde ! s'exclame Bel en faisant semblant de le frapper au torse.

Son geste ne fait qu'agrandir le sourire de Lou, pourtant déjà si large.

— J'ai pensé chaque mot. C'est ton rêve. C'est toi qui devrais être Noël Master. J'espère avoir été assez convaincant, ajoute-t-il en riant, profondément heureux.

Lou a l'impression que toute sa vie, il a attendu ce moment précis. Comme s'il avait trouvé sa raison d'exister. De respirer. Et cette raison, c'est cette jeune femme dans ses bras qui lui sourit avec encore beaucoup de timidité.

Du coin de l'œil, Lou voit son père s'approcher de la famille de Bel et échanger des embrassades émues. Ils rayonnent de joie. Ce qu'il ne trouve cependant pas sur leurs visages, c'est de la surprise. D'ailleurs, très peu de personnes parmi la foule semblent surprises par la déclaration de Lou. Il hausse les épaules et serre sa Bel plus fort, lui arrachant un adorable couinement qui lui donne des frissons.

Aussi, lorsque les Rennes font leur retour, Lou n'a d'yeux que pour Bel qu'il dévore du regard, n'en ayant jamais assez d'elle. Savourant les courbures de ses joues rondes. De l'ambré divin de sa peau qu'il frôle des yeux jusqu'à sa gorge, comme l'invitant à venir l'embrasser. Il s'apprête à faire exactement ça lorsque Bel lui donne un coup de coude en pouffant.

— Concentre-toi un peu, ils vont annoncer les résultats, chuchote-t-elle en l'embrassant rapidement.

XV — Epilogue

— Et cette année-là, aucun Noël Master ne fut choisi. Nous avons décidé à l'unanimité de désigner Lou père Noël et Annabelle mère Noël. Ainsi, la tradition du Noël Master prit fin, emportée par la vague d'amour des deux jeunes gens que nous n'avons pas eu à cœur de séparer pour le soir de Noël, achève de raconter Comète en regardant les enfants assis devant lui, pendus à ses lèvres.

— Oooohhh ! s'exclament les enfants, les yeux remplis d'étoiles.

Ils échangent alors des regards ravis. Les enfants du Monde Neigeux connaissent l'existence du concours, mais n'avaient pas eu l'occasion d'entendre l'histoire du père Noël et de la mère Noël. Leur histoire d'amour étant parmi les plus célèbres et appréciées. On n'a jamais connu de couple plus uni et heureux, se chamaillant en permanence le sourire aux lèvres et échangeant des œillades amoureuses comme au premier jour.

— Comment s'est passée la nuit de Noël pour eux ? demande une petite blonde aux yeux caramel.

— Oh ! Un désastre, déplore Rudolph, provoquant les rires des autres Rennes qui hochent la tête, semblant s'en souvenir.

— Ils n'ont fait que de se disputer, ajoute Furie. Bel a même menacé Lou de le jeter par-dessus le traîneau !

— Ça ne l'a pas arrêté pour autant ! continue Tornade en éclatant de rire avec Tonnerre.

Malgré cela, les Rennes semblent avoir passé l'une des meilleures nuits de Noël de toute leur existence. Raison pour laquelle, l'année d'après, ils ont décidé de changer le nom de la compétition. Ils n'éliraient plus le Noël Master, mais un père Noël et une mère Noël en l'honneur de cette nuit magique qu'ils ont passée en compagnie des deux tourtereaux.

Aussi, une nouvelle épreuve a été ajoutée au tournoi. Une qui a impossiblement été proposée par Lou et Bel !

L'épreuve de la bataille de neige.

Depuis, c'est l'épreuve préférée des participants. Et des jurés.

A propos de Chalice

Elle s'appelle Carolanne mais préfère utiliser son nom de plume, Chalice Autumn, et elle aurait bien besoin d'une psy. Chalice écrit parce qu'elle adore ça évidemment, mais surtout parce qu'elle en a besoin. Ses histoires la hantent. Oui, oui, vous avez bien lu. Plus elle met du temps à les écrire, plus elles se développent dans sa pauvre tête. Ses histoires sont si actives et organisées que Chalice doit régulièrement prendre des notes pour ne rien oublier. Elle a bien réussi à se débarrasser d'une histoire, qui est d'ailleurs son premier roman, *Chargée d'épines*, Tome 1, *La Promesse de Sang*, mais d'autres nouvelles histoires l'ont vite remplacée. Chalice se retrouve forcée de négocier avec ses personnages qui sont rarement d'accord avec ses choix narratifs ! Vous pourrez avoir un avant-goût de ces discussions loufoques sur son compte Tik-Tok ou Instagram : chaliceautumn.

Printed in Great Britain
by Amazon

33082426R00128